賭場の狼

新・大江戸定年組

風野真知雄

角川文庫
24097

目次

主な登場人物

◆初秋亭

藤村慎三郎《ふじむらしんざぶろう》　北町奉行所の元同心
夏木権之助忠継《なつきごんのすけただつぐ》　三千五百石の旗本の隠居
七福仁左衛門《しちふくじんざえもん》　老舗の小間物屋〈七福堂〉の隠居

◆早春工房

加代《かよ》　藤村の妻。仲間たちと小間物をつくり商っている。
志乃《しの》　夏木の妻
おさと　仁左衛門の妻

安治《やすじ》　飲み屋〈海の牙〉の主人
富沢虎山《とみざわこざん》　初秋亭に入り浸る医者
夏木洋蔵《なつきようぞう》　夏木忠継の三男。書画骨董を学ぶため京都に遊学していた。
鮫蔵《さめぞう》　岡っ引き。とある事情により江戸から姿を消す。
入江かな女《いりえかなじょ》　初秋亭の三人が師事する俳句の師匠

第一話　繁盛の影

一

深川《ふかがわ》の熊井町《くまいちょう》界隈《かいわい》でも、あの未曾有《みぞう》の大地震からひと月ほど経って、どんどん新しい家が建ちつつある。

日のあるあいだじゅう、槌《つち》や鑿《のみ》、杭《くい》を打つ音がしている。大工や左官の威勢のいい声は、かまびすしいほどである。

もちろん、家が流されたり、焼けたりして、空き地になっているからといって、勝手にそこを我が物にして家を建てたりしてはいけない。町役人《ちょうやくにん》たちが、その土地にゆかりの者であるか、正当性はあるかといったことを勘案して、許可を与え、そこで初めて新しい家を建てることができるのだ。町役人たちは、その仕事だけでも、日々、てんてこ舞いである。

〈初秋亭《しょしゅうてい》〉の三人は、永代橋《えいたいばし》へとつづく道を歩きながら、そのようすをつぶさに眺めている。今日は、三人そろって初秋亭を出て、帰宅するところなのだ。

「こうして復興していく姿は、嬉《うれ》しくもあるが、失われたものへの哀悼の気持ちも湧いてきてしまうんだよなあ」

と、藤村慎三郎《ふじむらしんざぶろう》が言った。

「そうだな。そのせいなのか、わしはまだ発句をつくる気になれぬのさ」

夏木権之助《なつきごんのすけ》が言った。

「それは、あっしも同じだよ。なんでだろうね。なんか、季節を詠み込むのが、つらいんだよ。季節なんか味わっている場合かって」

と言ったのは、七福堂《しちふくどう》の仁左衛門《じんざえもん》である。

「発句などというのは、気持ちに余裕がないとつくれぬのだろうな」

「逆に、気持ちに余裕を持たせるような句はつくれねえもんかな」

「それができたらすごいよ」

しばらくして、藤村が、

「おい、あの家を見てみなよ」

と、二軒の店のあいだで、奥に入ったところに新築された二階建ての家を指差した。

「どれどれ、なんだ、あれは？　やけに黒っぽい家だな」

「窓のところが黒いのは障子みたいだね」

夏木と仁左衛門も、呆《あき》れたように見やった。

なんと、二階の窓すべてに真っ黒い障子紙が貼られているのだ。

「黒い障子なんて、家のなかが暗くないのかね？」

と、藤村は言った。

「そりゃあ、暗いだろう」

「しかも不気味だよね」

「家族が亡くなって、建て直したからかな？」

夏木は推測した。

「哀悼の意を込めた黒い障子ってか」

「喪に服してるってわけかい？」

仁左衛門が藤村に訊《き》いた。

「どうかなあ。そんな話、聞いたことあるかい、夏木さん?」

「ないな。少なくとも武士の世界にはないな」

「町人にだってないよ」

と、そこへ、

「おや、初秋亭の旦那方《だんな》」

やけに調子の良さそうな町人が声をかけてきた。

「おう、ハゲ屋の大将」

と、藤村が言った。

「またそれを言う」

つるっ禿《ぱ》げだが、前のところだけ伸びて、まさに刷毛《はけ》みたいに見える。

しかも、家業は五代つづいた老舗《しにせ》の刷毛屋なのだ。江戸《えど》中の腕のいい建具師が、

「刷毛はここのがいちばんだ」と、買いに来ているらしい。

「怒ったか?」

「怒りはしませんがね」

当人も「ハゲ屋」と言われるのが、店の売り文句みたいだと、さほど嫌がってい
るわけではないらしい。

「それより、なにを見てるんですか？」

「あの家だよ。二階の障子が真っ黒だろう」

「ああ、あれね。あたしもあれはどうかと思うんですよ。でも、無理にやめさせるわけにもいかないしね」

「やめさせるって、あの家、ハゲ屋のものか？」

「そうですよ」

「あそこは確か、踊りの師匠がいたよな？」

と、夏木が訊いた。

「ええ。師匠は無事だったんですが、もう深川にはいたくないって、せっかく潰《つぶ》れた家を建て直したけど、もどってはくれないんですよ」

「それは惜しいのう。四十前後にはなっていたけど、いい感じのおなごだったがな」

夏木はしみじみと言った。

「殿さまは、ああいった女も好みなので？」

「も、とはなんだ。も、とは」

「いや、若いのがご専門なのかと」

「おいおい」

このやりとりに、藤村と仁左衛門は、

「見破られたな、夏木さん」

「やっぱりわかるんだね」

などと茶々を入れた。

「それで、入ったのがあれか」

「そうなんですよ。そりゃあ、何色の障子紙を貼ろうが、住人の勝手ですよ。でも、ねえ、家主としては、なんか嫌ですよね」

「誰が住んでいる？」

「辻井秀馬《つじいしゅうま》とおっしゃる若い侍ですよ。学問を教えたり、剣術を教えたり」

「両方教えるのか？」

「文武両道ってやつだそうです」

「そりゃあ、大したもんだ」

夏木は言った。武はともかく、文のほうは、発句を少々くらいで、まったく自信がない。

「訳は訊いてみなかったのか？」

と、藤村が訊いた。

「訊きました。心身の鍛錬のためだそうです。座禅なんか組むんでしょうね」

「座禅なら、目をつむればいいではないか」

「目を開けてする座禅もあるんじゃないですか？」

「そうなのか？」

夏木は藤村に訊いた。

「おいらが座禅なんか組むわけねえだろうよ。座禅といえば仁左だろう」

「またまた、あっしにわかるわけないでしょうが」

そういえば、初秋亭の三人は、座禅とかいう高尚なものには、縁がない。

二

翌朝――。
いつものように、いちばんあとに朝食を食べ終えた藤村は、庭で洗濯ものを干している加代《かよ》のようすを窺《うかが》ってから、火鉢に土瓶を載せ、ショウガとクマザサを煎《せん》じ始めた。どちらも、医者の富沢虎山《とみざわこざん》からもらってきたものである。ちゃんとした薬種が揃うまで、それを飲んでいるといいと言われたのだった。

煎じたものを飯茶碗《めしぢゃわん》に注いで飲み始めたところに、加代が入って来て、

「あら、ショウガとクマザサかしら？」

鼻をひくひくさせながら言った。

「よくわかるな」

「わかりますよ。虎山先生のところでお手伝いしているんですから」

「ふうん」

「どこか、具合でも悪いんですか？」

加代はさらりと訊いた。

「いや、おいらも歳だからな。こういうものを飲むようにしたのだ」

思えば奉行所の同僚たちも、隠居が近くなるころには、皆、薬草茶をすすっていた。藤村は内心、なんてじじ臭いのだと軽蔑《けいべつ》していたが、向こうのほうが歳相応に身体に気を遣っていたということなのだろう。自分は粋《いき》がりだけで、毎日、年寄りが冷や水を浴びるような暮らしだったのかもしれない。

「そうなんですか。だったら、柿の葉のお茶も飲むといいですよ」

「柿の葉？」

「ええ。うちの庭の柿の葉を乾かしたのがありますよ」

「効くのか？」

「肌荒れによく効くくらいだから、内臓の荒れにも効くはずですよ」

「内臓の荒れ？」

虎山になにか聞いたのだろうか。

「初老の男の多くは、内臓の不調を抱えているんですよ」

「あんたは医者じゃねえだろうよ」

「でも、虎山先生の診察をわきで聞いてますし、七福堂でも売り出すことになっている薬のための勉強もしましたからね」

「ふうん」

どうも歳を取るほど、女のほうはますます賢くなるが、男はひたすら馬鹿になっていく気がする。

「わかった。じゃあ、それも飲んでみるよ」

まずはいろいろ試してみるつもりである。

二杯も薬草茶を飲んで、腹がいっぱいになったあと、藤村は家を出て、深川の初秋亭へとやって来た。

熊井町の町並みに入ったとき、ちょうど黒い障子の家から、若い武士が出て来たところだった。あれが、文武両道の辻井秀馬だろう。

藤村は、辻井の少し後を歩くかたちになった。着流しの一本差しで、近所に用事でもあって出て来たのだろう。

じっくり観察する。

歳は、三十にはなっていないのではないか。すっきりした美男で、上背もある。さぞや、女にもてるに違いない。女にもてると、学問でも武芸でも、身が入らなくなることが少なくない。夏木なども、おそらくその口だった。

だが、この辻井秀馬は、よくも文武両道を極めたものである。

いやいや、もしかしたらそっちもそつなくこなしていて、女を引き込んでいるのではないか。黒い障子は、情事を隠すためだったりして……。

そんなことを思いつつ後ろ姿を見ながら歩くうち、

——ん？

藤村はなにか違和感を覚えた。

剣術を教えるほどの剣士にしては、迫力に欠ける気がした。殺気とまでは行かなくても、もう少しきりっとしたものが、感じられてもいい。あれは、あまりにも駘《たい》蕩《とう》とした歩みで、猫だってもう少し毛を逆立てて歩いたりする。

初秋亭の前まで来たが、辻井はそのまま海のほうへと歩いて行く。

立ち止まって、その後ろ姿を見送っていると、

「藤村、どうかしたか？」

なかから夏木が訊《き》いてきた。

「うむ。いま、例の黒い障子の家から、あの辻井秀馬が出て来て、そっちに歩いて行ったのだがな、どうも剣術を教えるような男には見えなかったのさ」

「どんなふうだった？」

「いやあ、隙だらけだったよ」

「ほう。もしかしたら、塚原卜伝《つかはらぼくでん》ほどの達人なのではないか？」

と、夏木は言った。

剣聖と言われた塚原卜伝は、無用な戦いをしなくて済むよう、気配を消し、ただの年寄りにしか見えなかったという話もある。

「塚原卜伝ねえ」

「あるいは藤村に嫌な気配があったので、わざと隙を見せたのではないか？」

「わざと隙を？」

そこまでやれたら、相当の達人だろう。あの若さで、そこまで辿《たど》り着けるものなのか。

「変か？」

「ううむ」

「では、わしも見てみることにしよう」

「そうしてくれ」

藤村は、このところ自分に自信がないのかもしれない。

三

藤村は、やって来た金太《きんた》に剣術を教えるため、大川端《おおかわばた》に出て行った。

金太は、親戚《しんせき》が無事で、引き取ってくれることになり、いまは剣術を習うのに、初秋亭に通って来ている。もっとも、苛《いじ》めっ子も、津波で流されたらしく、剣術のほうはさほど切羽詰まってはいないらしい。

夏木は、もどって来る辻井秀馬を初秋亭の二階から見ていようかとも思ったが、やはり正面から見たいので、外に出て待つことにした。

一人で立っていると、

「夏木さま。お侍がぼんやり突っ立っているのはおかしいよ。あっしもいっしょにいたほうがいいんじゃないの」

と、仁左衛門もわきに立った。

しばらくして、

「あれ？　あっちから来たのがそうじゃないの？」

仁左衛門が言った。

「あ、あれだな」

辻井は海のほうへ行ったと、藤村は言っていたが、若い武士が横道のほうからこっちに歩いて来ていた。薄い茶の着物を着流しにして、一本差し、総髪の美男だったそうだから、辻井秀馬に間違いないだろう。

用事を済ませ、ぐるりと回って来たらしい。

夏木はいったん辻井が来るほうへと歩き、すれ違ってから踵《きびす》を返して、黒い障子の家の前まで跡をつけた。

「ほう」

夏木はため息をついた。

一分の隙もない。刀を構えたまま、歩いているようである。

夏木に目を向けたときの鋭さも、やはりかなりの遣い手だと思える。

さらに、かたちだけだが、弓を引きしぼり、後ろ姿に向けて、矢を放つしぐさだけしてみた。すると、辻井はすばやくこっちを振り返って、剣に手をかけた。あの動きなら、じっさいに矢を放っても、見極めてかわすか、剣で叩《たた》き斬るかできたかもしれない。

夏木は慌てて、物陰に隠れた。その夏木に、

「あれって、気づいたのかい、夏木さま？」

「ああ。なにかの気配を感じ取ったのだ」

「へえ」

仁左衛門は呆《あき》れたように感心した。

しばらくして、大川端から初秋亭にもどって来た藤村に、

「見たぞ、辻井秀馬を」

「どうだった？」

「いやあ、わしにはかなり腕の立つ男に見えたがな」

と、夏木は言った。

「そうか」

「だが、藤村はそうは見えなかったのだろう？」

「おいらが見極められなかっただけかもしれねえよ」

「それはないだろう。剣術の腕は藤村のほうが格段に上だ。わしの見立てが間違っているのだろう。単に気が立っていただけなのかもしれぬ」

「いや、弓の名人の見立ても確かだよ。まあ、おいらが見たときは、よほど気が抜けたみたいなときだったのかもな」

「そうに違いない」

と夏木は言ったが、黒い障子については、なにもわかっていない。

その後、藤村は客が来ると言って早く帰り、仁左衛門も用事があると出て行ったので、夏木は辻井の家を見に行くことにした。

すると、辻井の家のなかから、ちょうど弟子らしき三人が出て来たところだった。十五、六の、いずれも利発そうな三人である。いずれも、書物を五、六冊ほど、風《ふ》呂《ろ》敷《しき》に包んで、大事そうに抱えている。

「こちらの先生は、学問はなにを教えているのかな？」

と、夏木は訊いてみた。

「おもに蘭語です」

「ほう。蘭語ができるんだ？」

「オランダ人も驚くほどうまいらしいです」

「それで、剣も教えられるんだろう？」

「一刀流《いっとうりゅう》のほか、弓と槍《やり》でも免許皆伝です」

「たいしたもんだのう」

「はい」

三人は自慢げにうなずくと、互いになにやら蘭語らしき言葉を言い交わしながら、帰って行った。

——やっぱり変だぞ。

と、夏木は思った。

当人には言えないが、さっき見かけた辻井には、学問の匂いがまるでしなかった。学問の匂いなどあるのかと訊かれたら、うまく答えるのは難しいが、ものごとに接するときの間合いが、武術とはまったく違うはずである。速さより確かさを求め、緊張より静謐《せいひつ》さを心掛け、闘争とは正反対の平穏を求めるといった、そういう諸々《もろもろ》が合わさった雰囲気というものが、やはりまるで違っていたように思われる。

――あれが蘭語の達人ねえ……。

夏木は何度も首をかしげていた。

四

早めに初秋亭を出た仁左衛門は、じつは入江《いりえ》かな女《じょ》を捜しに門前仲町《もんぜんなかちょう》の火の見櫓《やぐら》の近くにやって来た。このあたりも、ずいぶん復興しつつある。

この前、ここでかな女が書いたと思《おぼ》しき書付を見つけ、それを落とした人影まで見ていたのだ。あれはたぶん、かな女だったに違いない。

――このあたりにいたということは……。

仁左衛門は思い出したことがある。

かな女には、仲のいい女の絵師がいた。仁左衛門は直接会ったことはなかったが、富岡橋《とみおかばし》たもとの油屋の女将《おかみ》だとも言っていた。富岡橋ならここからすぐである。

そちらに行ってみると、〈美濃屋《みの》〉という油屋があり、地震の被害も免れたらしく、商売もつづけていた。

──ここの世話になっているのではないか。

仁左衛門はそう思い、しばらく店の前で待つことにした。

客はひっきりなしに訪れる。店の奥にはあるじが座っていて、女将らしき人の姿は見えない。一刻《いっとき》（二時間）ほど見ていたが、かな女の姿は見えない。

──勘は外れたかな。

と、自信がなくなってきた。あのときは、たまたま友だちに会いに来ただけで、どこかほかの家に厄介になっているのではないか。

諦《あきら》めて帰るかと思ったとき、女の笑い声がした。富岡橋を渡って来る二人の女の片割れは、まさに入江かな女だった。

驚いて、思わず横を向いた。胸が高鳴っている。

女二人は、仁左衛門には見向きもせずに、通り過ぎて行く。

「浴衣《ゆかた》を三枚重ね着している人なんて、初めて見たわよ」

「北斎《ほくさい》先生らしいわね」

などという話し声も聞こえた。

仁左衛門は後ろから声をかけようと近づいたが、心ノ臓が凄《すさ》まじい勢いで鼓動を打ち、緊張で吐き気までしてきた。

——やっぱり駄目だ。

近くまで行ったのを、いきなり踵《きびす》を返すと、足がもつれ、
ドサッ。

と、音を立てて転んだ。

女二人は、その音で後ろを振り向き、

「あら」

「大丈夫？」

と、声をかけてきたが、かな女が気づいて、

「七福堂さんじゃないですか」

と、困惑したような声で言った。

「ああ、どうも、ご無沙汰《ぶさた》をしてまして」

と、仁左衛門が立ち上がり、着物の埃《ほこり》をはたきながら言った。われながら、なんてみっともない男なのかと情けない。

かな女は、連れの美濃屋の女将らしい人に、

「ちょっとだけ」

目配《めくば》せするように言って、仁左衛門を富岡橋のほうへ促すようにした。

橋の下を流れるのは、そう大きくもない掘割だが、冷たい風が下から吹き上がってきた。

「初秋亭が無事なことは知ってました」

「そうかい。あっしは師匠の家のあたりは何度も行きましたよ。流されちまいましたね」

「そうなの。あのまま家にもどっていたら、あたしも津波で流されていたかもね。でも、なんだかわからないまま、永代寺《えいたいじ》の境内まで走って、本堂の仏さまに手を合わせていたの。そしたら、あの津波が来て、あたしは本堂の高くなったところから、町全体が引きずられていく、悪夢みたいな光景を眺めてました」

「そうだったのかい。でも無事でよかったよ」

「ええ」

「ずっと気になっていてね」

「…………」

「いや、まあ、無事だったらよかったんだが……」

仁左衛門は、かな女に謝るつもりだった。やっぱり、あっしは男として、家がいちばん大事なのだと。女房子を守らなくちゃならないのだと。そのために、あんたのことを二の次にしてしまったことは、申し訳なかった。

ところが、仁左衛門がそう言おうとするよりも早く、

「ごめんなさい」

と、かな女は言った。

「え？」

「あたし、あの地震のさなかに思ったの。やっぱり、あたしがほんとに好きなのは、この人じゃない。これは、ちょっとしたもののはずみみたいなものだったんだって。そしたら、急に気持ちが冷めてしまって……」

「急に冷めた……」

じつはあっしも、とは言いにくい。

「そうかあ」

と、がっかりしたふりをした。

というより、じっさいがっかりしたのかもしれない。本当に女にもてる男だったら、かな女もこんなに急に冷めることはない。自分はやはり、女に深く惚《ほ》れられるような男ではないのだ、という落胆もこみ上げて来た。

「発句の会もなかなか再開できなくて」

と、かな女は言った。

「ああ、そうだね。ただ、夏木さまや藤村さんとも話したんだけど、なんか発句をつくる気になれないんだ。本当なら、あの地震のことも句にしたっていいはずなのに」

仁左衛門がそう言うと、かな女は大きくうなずき、

「それは凄《すご》くわかる。あたしも、いままでのようなものはつくれないと思ってるの」

「というと？」

「あんな凄まじい自然の怖さを見てしまうと、池のかわずがどうしたとか、魚の目の涙がなんだとか思ってしまう。それより、あの地震や津波を詠《うた》わなかったら、発句ってなに？　ってことまで考えてしまう。やはり、あの地震を句にしなくちゃ駄目だろうと思った。すると、発句がなんか邪魔なわけ」

「同じだよ、師匠」

「だから、あたしは地震を詠うためなら、季語を捨ててもいいし、もっと言うと、五七五にもこだわらなくていいのかなと」

「そこまで考えますかい？」

「それくらい、あの地震は衝撃だったの。だから、もう、以前のような句はつくれないし、教えられないわね」

「じゃあ、あっしらの師匠も……？」

「もうやれないと思います」

「そうかあ」

意外な話のなりゆきである。

こんな話を初秋亭に持って帰ったら、夏木や藤村から叱られるかもしれない。

五

——ちと、試してみるか。

と、夏木は思った。辻井秀馬のことである。どうも売り文句の「文武両道」は怪しくなってきた気がするのだ。

試す方法も思いついた。ただ、夏木の知識でできることではない。

まずは、いまや〈つまらん爺《じい》さん〉などではなくなった、人品輝くばかりの富沢虎山に訊《き》いてみることにした。

家を訪ねると、患者を診ているところだった。

「混んでるのかい？」

ちょうど手伝いに来ていた、藤村の女房に訊いた。

「いまの患者さんで、一区切りつきますよ」

薬草が天井いっぱいにぶら下がっている隣の部屋で、待つことにした。ここに座っているだけでも、なにかしら効き目がありそうである。

すると、虎山と患者のやりとりが耳に入ってきた。

「どうだ、わしの肌は黄色いか？」

患者が訊《たず》ね、しばらく間があって、

「いや、黄色味はないな」

と、虎山が答えた。瞼《まぶた》をひっくり返したりしていたのだろう。

「この数年、悩みを抱えているせいで、夜の酒はかなりの量になっている。肝ノ臓がやられているかとも思うが、自分で触った感じでは硬くなっているようには思えぬのさ」

「うむ。わしもそう思うよ。酒は、いい酒を飲んでいるのか？」

「ふつうの酒では弱過ぎてな。もっぱら焼酎《しょうちゅう》だ」

「ふうむ。焼酎のほうが身体にはまだましかもしれぬぞ」

「そうか。焼酎はいいのか」

「いいわけではない。できれば水で薄めて飲むことだ」

「なるほどな」

「蜜尿《みつにょう》は出ているか？」

「ときおり、甘い臭いはする。だが、わしは辛党だ。甘いものは口にせぬ」

「それでも米の飯を多量に食えば、蜜尿になる」

「ほんとか？」

「塩辛いものはどうだ？」

「ああ。酒の肴《さかな》で、どうしても食べてしまう」

「そっちだな」

「すると、腎《じん》ノ臓が傷んできているのか？」

「そのむくみは、それからだろう」

「すると、当帰芍薬散《とうきしゃくやくさん》か、八味地黄丸《はちみじおうがん》か」

患者はやけに詳しそうである。

「そうだな。それに塩味を控え、米の量も減らすべきだな」

「米を？」

「よく噛《か》んで食べる玄米にしろ」

「玄米か。まあ、やってみるか。いや、参考になった」

そう言って、帰って行った。

その後ろ姿を見送って、夏木は虎山の診察部屋に入ると、

「いまのはどういう患者だったんだ？」

と、訊いた。

「ないしょだ」

「そうか」

夏木は簡単に引き下がった。

「医者はやたらと患者のことを他人に話すのはよくない」

「ごもっとも」

「ただ、夏木さんにだけは教えよう」

「いや、いいよ」

「なぜ？」

「他人の秘密など、抱えたくない」

断わられると、逆に言いたくなるらしく、

「まあ、聞け」

と、虎山は語った。

「いまのは、有名な漢方医だが、自分の具合が悪くなった。自分で、治療しているが、どうも思わしくない。それで、わしのところに来たのだ」

「医者にも頼られる名医ではないか」

「なあに、あいつがどこまで、わしの言ったことを守るかわからんさ。わしが内臓を切らせろと言っても、絶対やらせないだろうし」

「なるほど」

まあ、蘭方と漢方の医師同士には、微妙な感情が渦巻いているのだろう。

「ところで、あんた、蘭語は知っているよな？」

夏木は訊いた。

「いちおう、蘭方医だからな」

「危ないというのを、どう書く？」

「なんだ、蘭語を学びたいのか？」

「いや、そうではない。ちと、事情があってな」

「危ないなどという言葉は、不穏だな」

「不穏なほうがいいのだ。悪用したりはせぬから、教えてくれ」

「それは、ヘファーレクだな」

「蘭語で書くと?」

「こうだよ」

虎山は、紙にサラサラと、

「Gevaarlijk」

と、書いてくれた。やはり、この男の学識は相当なものなのだ。

「これは頂いて行く。ありがとうよ」

「夏木さんもついに、学問に目覚めたか。はっはっは」

虎山の笑い声は無視した。

夏木は、まだ初秋亭でぐずぐずしていた金太に手伝わせることにした。

黒い障子の家に近い道端に金太を立たせ、さっき虎山に書いてもらった紙を広げて見せるようにした。

「さりげなくな。顔はそっちを向いたほうがいいな」

「こうかい」

「そうそう」

しばらくして、辻井秀馬が出先からもどって来た。

やはり、剣を構えたまま歩いているみたいに、隙がない。

チラリとこっちを見た。

だが、なんの反応もなく、通り過ぎて行った。

「なんだ、なんだ。あいつ、蘭語なんて、わかってないのではないか？　どういうことだ？」

夏木は首をかしげるしかない。

六

翌朝——。

藤村は、初秋亭に向かう途中の霊岸島《れいがんじま》の新堀河岸《しんぼりがし》で、足を止めた。

昨日も、同じ場所で足を止めている。地震で蔵が崩れて、土手のようになった一画に、草が繁っていて、そのなかにゲンノショウコがあるのが目に留まったからである。

——これも煎《せん》じて飲めば、おいらの身体にもいいのではないか。

と、思った。

藤村は、夏木が卒中を患ったあと、熱心に本草学や医学の勉強をしたことを知っている。夏木はたまさか寿庵《じゅあん》といういい医者に恵まれたが、それだけではない。半分は自分で治したのだ。

——夏木さんに負けるのは悔しいな。

そう思って、藤村も薬草の勉強をしてみることにした。とりあえず、家に置いてあった、加代が読んだ本草学の書物を黙って借りて、それとじっさいの草を照らし合わせることにした。

昨日見つけた草が、本当にゲンノショウコなのか、書物の絵に照らし合わせてみる。

——間違いはない。

効能を見ると、胃腸の病に効くとある。

「いいではないか」

手折って、たもとに入れた。

すると、一間ほど向こうにも、なんとなく薬草らしい葉っぱが見えた。淡い赤色をした小さな実もつけている。名前は知らないが、いかにも薬草っぽい感じがする。

書物をめくって、似たものがないか探した。

――これだ。

虎杖と書いて、「いたどり」と読むらしい。葉ではなく、根茎を乾燥させて、煎じて飲めば、むくみや関節の痛み、さらには糞《ふん》づまりや胃もたれに効くという。

――胃病にもいいんじゃねえか。

さらに目を皿のようにして見て回ると、ほかにも薬草らしき葉が、あちこちに見つかる。大地はこんなにも、薬になる草花を咲かせてくれていたのかと、驚くほどである。

――人だって、この大地の上に生まれたんだからな。

藤村は初めて、大自然と人の身体のつながりを実感したように思った。

採取した薬草で袂《たもと》をふくらました藤村が、初秋亭にやって来ると、夏木がなにか憮然《ぶぜん》とした顔をしている。

「どうしたい、夏木さん？」

「うむ、じつはな……」

と、辻井が簡単な蘭語が読めないらしいことを語った。

「そりゃあ変だな」

「変だなんてものじゃない。文武両道は偽りだぞ」

「でも、そんなすぐにばれるようなことをやるかねえ」

わきで聞いていた仁左衛門が言った。

「よし。もう一度、試してみる」

と、夏木は言った。試さずにいられない。なにか解せないのだ。

「また蘭語でかい？」

「いや、今度は武のほうで試す。そうだ、その柿をぶつけてみよう」

もらいものでしばらく置いていたら、とろとろになってしまった柿がある。夏木たちには甘すぎるので、金太が来たらあげようと思っていたのだ。

「そりゃ、まあ、かわし方を見れば、武芸の腕は一目瞭然《いちもくりようぜん》だわな」

藤村も興味が湧いてきた。

三人は外に出て、黒い障子の家に入る横道の近くに隠れた。

「あ、来た、来た」

向こうから辻井が歩いて来る。腕組みして、考えごとでもしているらしい。

「よし、わしがやる」

夏木が投げた。

さすがに弓の名人である。柿はまともに辻井の額に当たって、べしゃっとつぶれた。熟した赤い実が、顔いっぱいに花火みたいに飛び散った。

「あ、まずい」

三人は慌てて隠れた。まさか、あそこまできれいに命中するとは思わなかった。かわそうという動きなど、まったく見当たらなかった。

辻井は、あたりをきょろきょろ見回し、

「こら、どこの悪戯《いたずら》坊主だ！　くだらぬことをする暇があったら、わたしの塾に来なさい！」

と言って、しばらく周囲のようすを窺《うかが》っていたが、懐から出した手ぬぐいで顔を拭《ふ》きながら、たいして怒ったようすもなく、永代橋のほうへ歩いて行った。

「どういうこと？」

夏木は首をかしげ、

「かんたんな蘭語もわからず、正面から飛んできた柿も避《よ》けることすらできない。そんな文武両道があるか？」

「おかしいよな」

「もしかして、二人いるんじゃないかい？」

と、仁左衛門が言った。

「双子かあ」

藤村が手を叩《たた》いた。

江戸でも双子で生まれるのは珍しくない。が、いっしょにいることは少ない。

「そう。片方は武芸の達人で、片方が学問優秀なんだよ。武芸の達人に蘭語を見せてもわからないし、学問優秀のほうに柿を投げつけても、避けることはできない」

「なるほど」

夏木がうなずいた。

「でも、双子ではなく、一人に見せかけたいんだよ。そのために、障子紙を黒くして、夜、影が映らないようにしてるんだ。明かりを灯《とも》したら、二つの影が映ってしまうからね」

「そういうことか」

藤村も納得した。

「まあ、いくら障子を黒くしても、影はうっすら映るかもしれぬが、白い障子ほどくっきりは見えないだろうからな」

「それはハゲ屋も知らねえんだ？」

「だろうね」

「待て待て、わしは双子の娘を知っているが、能力もよく似ているぞ。あんなに違うということはないだろう」

夏木が疑問を呈した。

「それは、いっしょに育てられたんじゃないのかい？」

「ああ、そうだ」

「双子ってのは、たいがい縁起が悪いからと、片方か、あるいは二人とも養子に出してしまって、別々に育てられることが多いよ」

「確かにそうだな」

「あの人たちもそうなんじゃないのかい？」

「それで、別々に育った二人がいっしょになり、文武両道を謳《うた》って、塾を始めたわけか」

「まあ、文武両道というのは、金を払って通わせる親にとったら、魅力ある言葉だわな」

「武士の家ではそうだろうねえ」

「武だけだと、荒くれ者になりそうだし、文だけではひ弱な頭でっかちになってしまう。めざすなら文武両道だろう」

「わしは駄目だったがな」

夏木は苦笑して言った。

「駄目だった親なら、なおさらそこへ通わせたいのさ」

藤村の言葉には実感がこもっている。

「なるほどねえ」

三人は、黒い障子の家に近づいて、窓からなかをのぞいてみた。

かつては踊りの稽古《けいこ》場だったが、いまは剣術道場になっている。二十畳敷きほどの道場の壁際には、ずらっと少年たちが座って、師匠の辻井の稽古を見守っている。

武芸の達人のほうが教えているあいだ、学問優秀のほうは、二階にいるか、外に出ているのだろう。

「どうするつもりだい、夏木さん？」

藤村が訊《き》いた。

「それは知らぬふりをしてやるべきだろうな」

「そうだよ。せっかくこれだけ繁盛してるんだから」

商人の仁左衛門にとっては、繁盛こそがなによりなのだ。

「そうだな」

と、夏木はうなずき、この件はこれきりにしておくことにした。

七

ところが、それから数日後——。

「ご免」

と、初秋亭に顔を出したのは、南に行ったところにある忍《おし》藩中屋敷の用人《ようにん》を務める先崎卓蔵《せんざきたくぞう》という知人だった。

「お、これは、先崎さん」

夏木はすぐに思い出した。

地震が来る少し前のできごとだった。このあたりを、難しそうな書物を逆さまにして読みながら歩く少年がいて、あれはどういうわけかと、初秋亭でも話題になった。その訳は、意外な宝物の謎につながっていき、斬り合いなどもあったが、ついには明らかにすることができた。

その一件で、この若いが人間も練れた用人の先崎卓蔵とも知り合いになったのである。

「初秋亭は無事でよかったですね」

と、先崎は言った。

「うむ、おかげさまでな。忍藩の被害はどうでした？」

「やはり、津波をまともにくらいましたからね」

「でしょうな」

屋敷は越中島《えっちゅうじま》という、かつて砂洲《さす》だったところに建っていて、ふだんでも波音の絶えないようなところである。

「ただ、母屋のほうは被害がなかったので、助かりました」

「それはよかった」

「じつは、今日は別の話でして。この近くに、辻井秀馬という浪人が住んでいるのはご存じですか？」

「ああ」

「蘭語も堪能《たんのう》で、しかも一刀流と弓と槍の達人だそうですな」

「文武両道を売りに弟子を取っているよ」

「じつは、上役がその話を聞き、そうした人材ならぜひ召し抱えたいと申しまして」

「ははあ」

「さきほど話に行ったのですが、簡単に断わられました」

「それはそうだろうな」

「なにか、あるので？」

「いや、まあ」

夏木は口を濁した。

「それで、初秋亭のよろず相談を思い出しまして。なんとか皆さんに、あいだを取り持っていただけないでしょうか？」

「ううむ」

「当藩も、これからは人材が大事だということを痛感しておりまして」

「やってはみるが、これは期待しないほうがいいぞ」

夏木は念押しして、いちおう引き受けることにした。

夏木は一人で辻井秀馬の家を訪ねた。

「じつは、わしはすぐそこの初秋亭というところにたむろしている夏木という者でな」

　と、挨拶《あいさつ》すると、

「ああ、初秋亭の噂は大家からも、番屋でも聞きました。この町では有名みたいですね」

応対した辻井は、笑みを浮かべて言った。こっちは明らかに学問優秀のほうだろう。

「じつは、忍藩の先崎さんというお人から、仲介ごとを頼まれてな」

「その件なら、お断わりいたしましたが」

「それも聞いた。それで、わしはおそらく引き受けられない理由があるのだろうと推察した。これは決して、他言はせぬ」

「…………」

辻井の表情が強張《こわば》った。

「あんたたち、二人いるな？」

「…………」

「どうもおかしいと思って、よくよく観察させていただいた」

「ははあ。もしかして、柿の実を投げつけたのは？」

「わしだ。まさか、命中するとは思わなかったので」

「なにやら、横文字の言葉を書いて、子どもに持たしたこともあるみたいですね？」

「それも、わしだ。じつは、この紙を」

と、取り出してみせた。

「ヘファーレク。危ない、ですね。わたしが見ていたら、慌てて身構えたでしょう」

「やはり、そうか。いや、申し訳ないことをした。悪気はなかった。勘弁してくれ」

と、夏木は頭を下げた。

「いや、誰か気づいている人がいるとは、薄々感じていました」

「そうだったか」

「秀馬は兄で、わたしは弟の久馬《きゅうま》といいます。双子は、縁起が悪いと、別々の家に養子に出されました。わたしは、長崎《ながさき》屋と親しい蘭学者の家に、兄は神田《かんだ》三河町《みかわちょう》の道場主のところに」

「なるほど」

「どちらの養父も亡くなり、お互い、塾と道場を受け継いだのですが、すでに流行《はや》らなくなっていました。それで二人であれこれ相談し、文武両道を売りにすることにしたら、たちまち大勢の弟子ができまして」

「そうだろうとは推察した」

「わたしたちは、ときおり会う機会もあったので、互いにお前は武、わたしは文と、役割を分担するようにして、かつ成果を競い合ってきました。このため、全精力をそれぞれに注ぎ込むことができたので、成果も得られたのだと思います」

「うむ」

「これが二人とも文武両道をめざしていたら、ここまでにはなれなかったと思います」

「いや、立派に成果を得られたものだ」

「ですので、文武両道を期待なさる忍藩の申し出には応《こた》えられませぬ」

辻井久馬はすまなそうに言った。

「わかった。では、忍藩の件は、わしからもなにか理由をつけて断わっておくよ」

「いい理由はありますか？」

夏木は少し考えて、

「そうだな。仇《かたき》持ちだったというのは？」

「それは面白いですね」

「向こうも、面倒ごとは嫌だろうからな」

「では、そういうことでお願いします」

夏木が先崎のところに話を伝えに行くと、

「そういうことでしたか」

と、残念そうだったが、納得してくれた。

八

それから十日ほどして——。

初秋亭の玄関口に、町内の魚屋のおやじがやって来た。

「旦那方《だんな》。可愛い仔犬《こいぬ》はいらんかね」

「なんだ、なんだ。お前んとこは、犬も売り始めたのか」

夏木は笑って言った。

「いえね。うちの牝犬《めす》が仔犬を五匹ほど産みましてね、三匹はもらい口が見つかったのですが、二匹、余っちまったんでさあ」

魚屋のおやじは、ボロ切れに包んできた仔犬を見せた。まだ、生まれて半月ほどらしい。

「可愛いのう」

生きもの好きの夏木は、つい手が伸びてしまう。一匹抱くつもりが、もう一匹も甘えるように啼《な》くので、二匹とも抱っこしてしまった。

「ああ、このむくむくした肌触りはたまらんな」

「いい犬なんですよ」

「うむ。なかなか精悍《せいかん》な顔をしているぞ」

「親は真田《さなだ》さまのところの猟犬ですよ」

「なんだ、お前のところの牝犬は、無理やり仔を孕《はら》まされたのか？」

「いや、無理やりかどうかは微妙なところなんですが」

魚屋のおやじは、いかにも下卑た笑みを浮かべた。

「だが、確かにいい犬だ」

夏木の家にはもちろん、何匹もいるが、猟犬に向いていそうな犬はいない。夏木は猟などやらないが、この手の犬がいると、面白いかもしれない。もちろん、番犬にも適しているはずである。

「これだと、ある程度、大きくなったら、首輪をつけて引いて歩くことになるだろうな」

この大川端も、朝夕など、犬好きの武士が、首輪に紐《ひも》をつけて散策していたりする。

「そうしたほうがいいでしょうね。ほかの犬に噛《か》みついたりするかもしれませんから」

犬を引いて歩くのも、悪くないかもしれない。

「じゃあ、二匹とも……」

飼ってやると、言おうとしたとき、

「おいらも飼ってみようかな」

と、藤村が言った。

「お前、犬を飼ったことは？」

「ないんだが、近ごろ、夏木さんじゃないが、生きものが妙に可愛く見えてきてね」

「歳だな、それは」

「そうかもしれねえが」

「藤村が飼うなら、一匹ずつにするか」

「悪いね」

ということで、二匹、置いて行かせることになった。

「どうだ、可愛いもんだろう」

「こりゃ、たまらんね」

大の男が仔犬を抱いてにやついている。

白犬だが、二匹とも額のあたりにかすかに茶色い毛が交じっている。

「そっくりだな」

「まったくだ」

と、言ったとき、

「ごめんください」

と、こちらもそっくりの二人の武士が玄関口に立った。

辻井秀馬と久馬の二人が、いっしょに初秋亭に現われた。

夏木たちもこれには驚いた。秘密にしているはずである。

「いいのか？」

と、夏木は訊《き》いた。

「はい」

「ここらの住人にもばれてしまうではないか」

「いや、もうよいのです」

「正直にやることにしたのか？」

「というより、塾は畳むことにしたのです」

「あんなに流行《はや》っているのに？」

「まあ、子どもたちには済まないとは思うのですが」

「偽っていることが、心苦しい気持ちもあったもので」

と、二人は言った。

「だろうな」

夏木も、いい考えではあるが、偽りつづけるうち、面倒ごとも起きてくるような気がしていた。

「じつは、婿入りの話が来まして」

と、久馬が言った。

「別々に？」

「ええ。わたしのところには、長崎奉行所に勤める役人の家から」

「わたしのところは、剣術自慢の旗本でして」

と、秀馬が言った。

「そうか」

「どちらも、ずっと前の知り合いから来た話で、文武両道を偽る必要もありませんしね。将来のことを考えると、やはり子どもに教えて糊口《ここう》をしのいでいくより、役職に専念できる身分になったほうがいいだろうと」

「それはそうだ」

「初秋亭の方々には、ご心配をおかけしましたが」

「なあに、そんなことはどうでもよい。しかし、残念な気もするのう」

夏木がそう言うと、

「大家の刷毛《はけ》屋はどうしたい？」

藤村が訊いた。

「先ほど、二人で行って来ました」

「驚いていただろう？」

「ええ。二人だったら、倍の家賃をもらえばよかったと申していました」

「もう遅いわな」

と、藤村たちは笑った。

九

いい天気になって、三人で初秋亭の障子の貼り替えを始めていた。

地震のあと、ずいぶん汚くなっていたのだが、障子の貼り替えは後回しにしてきたのだった。だが、黒い障子の一件があり、この際だから、わしらも色の入った障子紙にしようと相談し、紙屋に行くと、意外にも驚くくらい、いろんな色の障子紙があった。

もちろん、ふつうの家では使わないが、料亭だの遊郭、あるいは凝った茶室などでも需要があるらしい。

さんざん迷った挙句、一階の障子はすべて薄い緑の紙にして、二階は大川のほうは薄い青、東側の道に面したほうには茜色《あかねいろ》の障子紙を貼ることにした。

ようやく貼り終えて、

「いいではないか」

夏木は満足げに言った。

「いいねえ。どうせなら市松模様にすればよかったかな」

藤村がそう言うと、仁左衛門は呆《あき》れて、

「いや、それは品が良くない。こっちのほうがいいよ」

「ここで句会でもやりたいくらいだな」

「まったくだ」

「句会ねえ」

仁左衛門が顔をしかめた。

「どうした、仁左。師匠となにかあったのか？」

「じつは、この前、会ったんだよ」

「なんだよ。焼け木杭《ぼっくい》に火が付いたのか？」

藤村が呆れたように言った。

「そうじゃないんだ。話したらね、あっちも急に冷めたんだと。あっしも拍子抜けする思いだったよ」

「ほう」

「そういうもんかもな」

じつは、仁左衛門は内心、がっかりしていたのである。

自分だっていっきに冷めたくせに、女が冷めるとがっかりするのはおかしいとも思うが、あの官能の激しさを目の当たりにした身としては、信じられない気がするのだ。背骨が折れるのではないかと思えるほどののけぞりよう。唸《うな》るような声。抱きついてくるときの力。噴き出る汗。男からしたら、どうかなってしまったのではないかと思えるくらいだった。

狂乱と言ってもいいくらいの、女の官能の激しさ。それは情の深さともつながるのではないか――仁左衛門はそう思ってきた。だが、あのかな女は、なんの未練もなく、二人の恋を捨て去ることができたらしかった。

――まったく女の身体と心というのは、どうなっているのだろう。

「おい、どうした、仁左」

思わずぼんやりしてしまった仁左衛門を、夏木が呼んだ。

「どうした、師匠を思い出したか？」

「そんなんじゃないんだけどね」

「それより、句会は再開するんだろう？」

と、藤村が訊いた。

「それがさ、師匠の句に対する考えがまるで変わってしまったみたいなんだ。だいたいが、発句に季語もいらないんだと」

「季語がいらない？」

「それじゃあ、川柳だろう」

「それどころか、五七五にもこだわらないと言うのさ」

「なんだ、それは？」

「季語も捨て、五七五にもこだわらない？」

「そういう句をめざすらしいよ」

「それだと、発句だかなんだかわからねえだろう」

藤村は首をひねった。

「型を捨て、心の叫びをそのまま句にするんだとさ」

「いや、面白いではないか」

と、夏木が言った。

「面白いかね」

「新しい文芸が誕生するかもしれぬぞ」

「藤村さんもそう思うかい？」

「まずはつくってみなきゃわからねえ」

「それならそれで、あっしはまた、数をいっぱいつくるよ」

三人は、首をひねりながらも、いままで見たことのない句を思い描いていた。

第二話　賭場《とば》の狼

一

入江かな女が模索しているらしい新しい発句を、初秋亭の面々もつくってみようと考えてみたが、なかなかできない。

季語も五七五も使わずに、ある感興をかたちにするのは、意外に難しい。ただの話し言葉みたいになってしまうのである。

ふだんは泥団子でもつくるみたいに次から次へと句をひねり出すのが自慢の仁左衛門でさえ、まるで出てこないらしい。

ああでもない、こうでもないと苦しんでいるうち、暗くなってきた。

「おいおい、もう日が暮れるぞ。今日はここまでにしよう」

夏木が筆を置いた。

「今日は疲れたね。障子の貼り替えをして、実りのない句作に苦しんで」

仁左衛門がそう言うと、

「おいらは別に疲れちゃいねえなあ」

藤村は不思議そうに首をかしげた。もしかしたら、薬草茶が効いたのかと思ったが、そこらに生えている葉っぱのお茶がそんなに効くなら、病で死ぬやつはいないだろう。

三人で出ていた道具を手早く片付けて、外へ出ようとすると、

「夏木さん。ちょっと待ってくれ」

藤村が止めた。

「どうした？」

「いや、おいらが先に出る」

藤村はそう言って外に出ると、道の左右を注意深く窺《うかが》った。

「この前の曲者か？」

「ああ、また、襲ってくるとも限らねえだろ」

永代橋の上で、夏木は何者かに襲われたのだ。たまたま藤村が応援に駆けつけることができたので、どうにか無事で済んだが、あれは危ういところだった。

「二度目があるかね」

「おいらはあると思うぜ。夏木さん。下手人に当たりがついてるんじゃないのかい？」

「まさか。だいたい、わしなど襲ってなんになる。ただの、中風病《ちゅうぶや》みの隠居だぞ」

仁左衛門もその話を聞いてから、護衛用にと、灰を包んだ紙袋に、濡《ぬ》らした長めの手ぬぐいを持ち歩くようにしている。

灰は相手の顔にぶつけて目を開けられないようにするため。濡れ手ぬぐいは、撚《よ》るようにして、折って持つと、こん棒並みの威力になる。少しでも、夏木の手助けができるようにと、考えたのだった。

「大丈夫みたいだ」

藤村がそう言うと、三人は歩き出した。

襲われた夜は、嵐だった。今日はよく晴れて、永代橋を渡るときは、星空の真ん中に飛び込んだみたいである。

霊岸島新堀沿いに進み、いつもなら藤村が先に左手の湊橋《みなとばし》を渡って、二人と別れる。

だが、今宵は、

「送るよ、夏木さん」

と、藤村はいっしょに歩いた。

さらにいつもなら、箱崎《はこざき》のところで仁左衛門が夏木と別れるが、

「あっしも送るよ」

と、そのまま進んだ。

「なんだな、二人とも。わしは子どもじゃないぞ」

「いや、やっぱり警戒したほうがいい」

「そうだよ。あの地震から、だんだん世のなかは物騒になってるからね」

「すまんな」

夏木も素直に二人の厚意を受け入れた。

屋敷の門から夏木がなかに入るのを見届け、藤村と仁左衛門はホッとしたように踵《きびす》を返した。


夏木が屋敷にもどると、ちょうど夕食の膳《ぜん》が調ったところだった。おかずは、ブリのアラと蕪《かぶ》を煮つけたもので、夏木の大好物である。

「夜雄《よるお》と朝雄《あさお》には？」

夏木は志乃《しの》に訊《き》いた。

どちらも、夏木の部屋に近い土間で育てている。夜雄は仔猫《こねこ》で、もらったばかりの仔犬は朝雄と名付けた。

「やりました。アラのところでなく、身のところを」

「それはそうだ。身のところより、アラのほうがうまい。人間がうまいほうを食うのは仕方ないだろう」

夏木がそう言うと、志乃はなんだか納得がいかないという顔をした。

食べ始めてすぐ、長男の新之助《しんのすけ》が、

「今日、正式に決まったのですが、いまの南町奉行《みなみまちぶぎょう》も北町《きたまち》奉行も、江戸が今度の地震から完全に回復する目途の三年間は、奉行職を続行することになりました」

と、告げた。

「それがいいな」

と、夏木は言った。

「わたしもそれでいいと思います」

新之助もうなずいた。

ただ、志乃は不服そうである。

「これで黒旗《くろはた》も諦《あきら》めただろう」

と、夏木は言った。

新之助とともに次期奉行の有力な候補だったとされる黒旗英蔵《えいぞう》は、夏木とほぼ同じ歳で、旧知の男だった。この前は黒旗家の前で久しぶりにばったり会っていたが、なんとなくつっかかってくるような感じを持った。

「どうでしょうか。黒旗どのは地震があってから、世の乱れを憂い、薄汚い金儲《かねもう》けの弾圧と、治安維持の強化を盛んに訴えているようです」

「ふうむ」

「そのためには、家来を動かすこともやぶさかではないと」

「なんだ、それは」

夏木は眉《まゆ》をひそめた。そういうことをすると、私兵を動かすのを認めるようなものである。そこまでさせてはいけない。

じつは、夏木はなんとなくこのあいだの襲撃者は、黒旗の手の者だったのではないかと疑っているのだ。

証拠も根拠もないが、夏木の日常の暮らしを振り返ってみて、自分に恨みのような感情が向けられていると思ったのは、黒旗だけだった。

ただ、新之助を襲うならまだしも、なんで自分をと考えれば、やはり見当違いなのかもしれない。

二

北町奉行所本所深川回り同心《どうしん》の藤村康四郎《こうしろう》と、相棒で岡っ引きの長助《ちょうすけ》は、朝から深川界隈《かいわい》の見回りをつづけている。本所《ほんじょ》と深川とでは、武家地が多く、地震の被害はさほどでもなく津波も免れた本所より、壊滅に近い被害を受けた深川のほうに足を向けてしまう。

この日は、門前仲町界隈をつぶさに見て回り、昼過ぎになって、油堀西横川《あぶらぼりにしよこがわ》のほうにやって来ると、

「喧嘩《けんか》だ、喧嘩だ」

という声が聞こえてきた。

「どこだ、長助？」

「その寺の裏のあたりみたいですね」

「よし」

と、二人は駆けた。

深川では、家の再建が進むとともに、盛り場のほうも復活してきている。

俗に深川七場所と言われた、七つの花街が有名だが、ほかに一軒だけの妓楼《ぎろう》なら深川のあちこちにあった。

初秋亭からも近い因速寺《いんそくじ》の裏手にもちょっとした盛り場があり、そこは地震や津波で壊滅していたが、今月に入って、妓楼が一軒と、矢場《やば》ができた。まだ空き地があり、どうもかつての七場所に並ぶくらい、大きな花街になっていきそうな気配がある。

この一画を仕切っていたやくざの親分は、津波で死んでしまい、いまは誰が仕切ることになったのか、よくわからない。

深川では、やくざの親分が四人ほど死んだ。そのなかには、大親分と呼ばれ、深川一帯に睨《にら》みを利かした永代の岩五郎《いわごろう》もいた。

この重石《おもし》が取れたものだから、成り上がりや、よそのやくざの進出があったりして、喧嘩も多くなっている。

康四郎たちが因速寺裏に駆け込むと、人だかりはあったが、喧嘩をしているようすはない。

「喧嘩はどこだ？」

康四郎は野次馬に訊いた。

「ええ。三下やくざ同士で、刃物を突き付け合ったのですが、片方に仲間が二人駆けつけたので、逃げちまいました」

「どこの者かわかるか？」

「いやあ、どっちもあまり見たことがないやつらでした」

「そうか」

康四郎も捜すのは諦め、妓楼や矢場のあたりを見回した。あんな大災害のあととは思えないくらい賑《にぎ》わっている。こんなときに、遊ぶ暇やゆとりがあるのかと不思議だが、大工や左官、それに材木屋関連などは仕事や取引が増え、懐も潤っているらしい。

「康さん」

と、長助が呼んだ。二人は、お互い半人前のころからの友だちで、康四郎が正式の同心になってからも、二人だけのときは友だち同士のような会話になる。

「ん？」

長助が、視線と首の動きだけで、

「あっちを見なよ」

と、告げた。

焼け跡で、いまはただの原っぱのようになっている。揺さぶられ、津波にも襲われ、さらに家までが焼けた地面から、きれいな緑色をした草が生え、いまやおおいつくすばかりになっているのだ。人間の逞《たくま》しさを遥《はる》かに上回る草のしぶとさだった。

その原っぱには、近くで家を建てている大工や左官などが、座って煙草を吸ったりしている。

屋台のそば屋と、稲荷《いなり》寿司売りも出ていて、どちらも二人ほど客がついている。

だが、長助が示したのはそのもっと奥、因速寺の土塀の手前のあたりだった。

そこへ二人の男が並んで立っている。

一人は派手な着物をだらしなく着崩している。もう一人は、印半纏《しるしばんてん》に紺の股引《ももひき》姿。仕事の合間の大工らしい。

「あいつらがどうかしたか？」

「妙なんだよ」

康四郎は、顔をそちらに向けず、横眼でようすを窺《うかが》った。

ボーッと立っているだけだが、大工らしき男は、ときおり嬉《うれ》しそうな顔や、悔しそうな顔をする。

やがて、大工らしき男が、派手な着物の男に銭を渡し、怒ったような顔で立ち去った。

「いま、銭を渡したよな？」

「渡した。銅銭だけじゃねえ。銀貨もあったよ」

康四郎より長助のほうが目はいい。

「バクチか？」

「でなければ、なにかの支払いか」

「いや、真っ当な銭のやりとりには見えなかったぞ」

「あっしにもそう見えたよ」

「だが、なんのバクチだ？　突っ立ってただけだろう？」

「だよね」

二人は首をかしげた。

バクチなら取り締まりたい。やくざの儲《もう》けは、女とバクチによるところが多いが、バクチの害は家族にまで及ぶのである。地震でこれだけの被害を受けたのに、さらにバクチで一家を路頭に迷わせるようなことはさせたくない。

それでも親分がきちんと支配しているなら、独り身のやることならと目こぼしもあり得るが、新興やくざの草刈り場にはしたくない。

「あの派手な着物の男、悪そうなやつだね」

大工は去ったが、その男はまだ突っ立ったままである。

「思い出した」

と、康四郎は言った。

「誰だい？」

「以前、先輩に連れられて江戸と四宿《ししゅく》を一回りしたときに教えられたんだ。あいつは、品川《しながわ》の大親分、大鷲《おおわし》の金次郎《きんじろう》のところの四天王の一人で、狼の剣太《けんた》というやつだ」

「品川からも進出して来たのかい」

「当然もめるよな。品川が出張って来るとなれば、神田や日本橋《にほんばし》の大親分も放っておかねえだろうしな」

「だろうね」

「浅草《あさくさ》のほうを担当している先輩も言ってたよ。いままでの縄張りがおかしくなって、大きな争いが起きるかもしれないから、気をつけろってな」

「浅草の担当というと、大久保《おおくぼ》の旦那《だんな》か。確かに、奥山《おくやま》あたりだけでなく、浅草寺《せんそうじ》の仲見世でも、ここんとこ揉《も》めごとが多いって、うちのおっかあも言ってたよ」

長助の母親は、浅草寺の門前で、飲み屋をしている。

「おい、また新しい客が来たみたいだぜ」

康四郎が顎《あご》をしゃくった。若い男が剣太に近づいて行った。

康四郎と長助はさらに見つめつづける。向こうからは、人通りや屋台の店などがあるので、見張られていることはわからないはずである。

狼の剣太と、近づいた若い男とでなにかやりとりがあって、それからさっきのようにこっちを向いて、並んで立っている。手はどちらも、袂《たもと》や懐に入っている。

剣太の表情は変わらないが、客らしき若い男の表情は始終変わる。その客らしき若い男が、

「よし」

と、小躍りしたように見えた。剣太が初めてしかめ面をした。

それから銭のやり取りがあった。剣太が客らしき男に銭を渡したのだ。小判ではないが、枚数を数えたところでは、一朱銀か。

「賭《か》けてるよな」

と、康四郎は言った。

「間違いないね」

「まさか金貸しじゃねえよな」

金を貸したと言われれば、それだけではお縄にはできない。

「いやあ、違うね」

「そっとジャンケンなんかやっていねえよな」

康四郎はかつて、助六《すけろく》、意休《いきゅう》、揚巻《あげまき》に見立てたバクチがあったと、おやじから聞いたことがある。そのようなことが工夫されているのかもしれない。

「ジャンケンはやってないよ」

だが、どうやって賭けているのかわからなくては、取り締まりようがない。

また若い男が小躍りして、剣太が顔をしかめた。

そのあいだ、二人がなにかしたようには見えない。

「弱ったな」

と、康四郎は言った。

「ああ」

「おいらにはさっぱりわからねえ」

「あっしも見当がつかねえ」

「バクチに詳しいやつはいないかな」

「鮫蔵《さめぞう》親分がいればね」

「いないものは仕方がねえ」

「おやじさんに訊《き》いたほうがいいのでは？」

「しょうがねえか」

康四郎は気が乗らないというように言った。

三

「……というわけなんです」

康四郎と長助が初秋亭に来て、藤村たちに語った。

「ふうむ。それは、おいらも知らねえが、でも、バクチなんてのは、そんなに難しいもんじゃねえ。しばらく見てれば見当がつくだろうが」

藤村の言い方は冷たい。

「それが、駄目なんです」

「穴が開くほど見ねえからだよ」

「…………」

康四郎は、相談に来たのは失敗だったなという目で長助を見た。

そこへ夏木が、

「おい、藤村。お前が、息子を甘やかしたくないという気持ちはわかるが、奉行所の後輩が訪ねてきたと思えば、助けてやるべきだろう」

と、慌てて口を挟むと、

「そうだよ。深川一帯がこんなことになっちまって、康四郎さんだって手一杯なんだから」

仁左衛門も言った。

「いいよ、康四郎さん。わしらが手伝うよ。なあに、藤村だって、手伝いたい気持ちは山々なんだ。この男が頑固なのは、あんたも子どものころから見てきただろう」

「大丈夫だよ、康四郎さん。その一件は、初秋亭の意地にかけても、解決してみせるから」

夏木と仁左衛門になだめられて、

「では、よろしくお願いします」

と、康四郎は初秋亭を出た。

だが、すぐに康四郎は後ろを振り向いて、

「まったく、あのおやじの底意地の悪さと言ったらないよな」

と、忌々《いまいま》しそうに言った。

「似てるよね、おやじさんは」

長助が言った。

「誰に？」

「鮫蔵親分だよ」

「ああ」

「あっしもずいぶん、あんなふうにされたよ。でも、いま思うと、あんなふうにされたから、自分でなんとかしようって気になったんだ。やっぱり、あれは、康四郎さんを思ってのことなんだよ」

「そうかね」

「鮫蔵親分と、おやじさんが、馬が合ったのはわかるよなあ」

長助は、鮫蔵のことを思い出したらしく、目を細めて言った。

「さあ、行ってみよう」

夏木が声をかけた。

「まったくしょうがねえな」

藤村は面倒臭そうに顔をしかめた。

「そうは言っても、そこはおやじなんだよね」

仁左衛門は念のためだと、灰を入れた袋に、濡《ぬ》れた手ぬぐいを持った。

因速寺の裏手というのは、初秋亭からだと正源寺《しょうげんじ》の前を通り、福島橋《ふくしまばし》を渡って左に折れ、油堀西横川沿いに行ったところである。以前、なんのためにこんな頑丈な家を建てたのかと調べた、相撲取り向けの料亭があるその先だった。

ざっと見渡して、

「ほう。こんなところが花街になるか」

と、夏木は感心した。

「ここは、蛤町《はまぐりちょう》の代地だったところだろう」

藤村はさすがに詳しい。

「原っぱにいると、康四郎さんは言ってたね」

仁左衛門はすぐに見つけた。

やはり堅気とは人相が違う。隣には客らしき男もいる。

「剣太ってのはあいつだろ、藤村さん？」

「そうみたいだな」

「藤村も顔は知らないのか？」

「品川のやくざまでは知らねえよ。だが、それらしい顔はしてるわな」

「深川のやくざだって、黙ってはいないだろう？」

夏木が訊いた。

「大親分の永代の岩五郎が死んだらしいからな。あとはたいしたのはいねえ。なにせ、鮫蔵親分が睨《にら》みを利かしていたんでね」

「なるほど」

「一人くらい潰《つぶ》せば、いまならどこのやくざでも賭場《とば》を張れるのかもしれねえな」

「そういうことか」

それから三人は、それぞれ剣太のようすを窺《うかが》った。

だが、なかなかわからない。

「確かに怪しい感じはするがな」

と、夏木が言った。

「感じだけじゃ、引っ張れねえんだよ、夏木さん」

「ほら、客が帰るから訊いてみようよ」

仁左衛門がそう言って、剣太と別れたばかりの男に近づいた。

「ちっと、訊きたいんだがね」

「え？」

男は警戒心を露《あら》わにした。

「面白いかい？」

「なにが？」

「いま、やってたのはバクチだろ？」

「そんなもの、しちゃいねえよ」

「あっしもやってみたいんだよ」

「勝手にやればいいだろう。おれは知らねえよ」

男は足早にいなくなった。

「やっぱり、バクチをしてたと言わないもんだね」

「それはそうだろう」

夏木は苦笑した。

「ま、康四郎と長助もずいぶん眺めたんだろうから、そう簡単にはわからねえ。三人別々に、からめ手から探ってみようじゃないの」

藤村が、おどけたような調子で言った。

四

——からめ手ねえ……。

藤村はそう言ったが、あれは町方《まちかた》流の調べが身についているからではないか。バクチは町方がやるのではない。町人がやるのだ。

だから、真っ向から訊《き》くのがいちばん手っ取り早いはずである。

仁左衛門はそのまま真っ直ぐ、原っぱの隅にいる剣太に近づいて行った。

「やあ」

よくいる町のお調子者といった感じで近づいた。

「…………」

剣太は答えず、チラリと仁左衛門を見ただけである。

「面白そうなこと、してるね？」

「え？」

「友だちに聞いたんだ。ここで、面白そうなことしてるって」

「友だちはなんてやつだ？」

「飲み屋でいっしょになるやつでね、名前は知らないんだ」

「そういうのは友だちとは言わねえな」

「あっしも交ぜておくれよ」

そう言った仁左衛門に、剣太は表情のない顔を向けると、

「あんたはやめたほうがいい」

「なんでだい？」

「あんたみたいなのは、入れねえことにしてるんだ」

「まあ、そう言わずに」

仁左衛門がもう一押しすると、剣太の顔がさあっと薄い毛が一面に生えたみたいになり、獣の気配が漂った。

「おれに二度言わせるなよ」

低い声だが、恐ろしい威圧感である。

「わかった。悪かったね」

仁左衛門は青くなって踵《きびす》を返した。

――あれが、狼の綽名《あだな》の言われか。

顔の変化を思い出して、仁左衛門は背筋が寒くなった。

夏木は、因速寺の裏手に広がる、新興の盛り場を見やって、庶民の逞《たくま》しさに圧倒される思いだった。

地震のことはもう忘れたかのように、人々は活《い》き活《い》きと行き来している。以前は、このあたりではほとんど見なかった、白粉《おしろい》を塗りたくった男や、芝居の途中で舞台から降りてきたような派手ななりの女が、あちこちにたむろしている。

だが、両国《りょうごく》や奥山のように、家族連れや若い娘はいない。どこか、恐ろしいような気配も漂っているのだ。

――あの黒旗なら、こういった場所は無くしたいだろうな。

と、夏木は思った。

こうした場所は、淫《みだ》らで、不潔で、江戸の品格を失わせるものだと。

だが、江戸からこうした場所をいっさい無くすことなどできるだろうか。人はそれほどきれいに生きていけるものではない。ときには汚濁に身をひたしたくなることだってある。それでホッとしたり、手足を伸ばしたりする。

――ある程度の目こぼしというのは必要ではないか。

夏木はそんなことを思いながら、新鮮な気持ちで、この新しい盛り場を眺めていた。

一方、藤村はかつての知り合いとバッタリ出くわした。

「おう、両次《りょうじ》じゃねえか」

「これは旦那《だんな》。お久しぶりで」

両次はぺこりと頭を下げた。

やくざである。永代の岩五郎の子分で、いまは若いが十五年もすると、跡目を継ぐのはこいつだろうと噂されていた。度胸もあれば、頭も切れる。

「賭場は開いてねえのか？」

藤村は訊いた。岩五郎の賭場を仕切っていたのもこの両次だった。

「あの地震で賭場も壊滅ですよ。やくざも賭場がなければ、バクチはやれねえ。道端でサイコロ振ってりゃ、すぐに見つかっちまうしね。もっとも、賭場が残っていても、あっしはやってないでしょうが」

「ほう」

かつての両次となにか違う。

「おいらは、岩五郎が死んだあとは、あんたが仕切るかと思っていたぜ」

「そのかすやつはいるんですが、あっしは、やくざから足を洗ったんでね」

「足を洗った……」

それが、違和感の正体だったのだ。そういえば、左官の恰好《かっこう》をしているし、表情からやくざ独特の剣呑《けんのん》な気配が消えている。

「信じられねえでしょうが、ほんとにきれいさっぱり、足を洗ったんです」

「なんでまた？」

「不思議ですか？」

「不思議だよ。あんたは、やくざの世界で大物になっていくのかと思ってたよ」

「あっしも不思議なんです。きっかけは、あの地震ですよ」

「地震が？」

「ちょうど新大橋《しんおおはし》を渡ってるところだったんです。橋の上は恐ろしく揺れましてね。それで、揺さぶられているときに、ふっと思ったんですよ。おれはいままで何やってたんだろうって。やくざなんかしてたってしょうがねえだろう。いい加減にしろって」

「思ったのかい？」

「というより、聞こえたんでしょうね。何かがあっしに語りかけてきたんですよ。いま思えば、あっしにとって、あれは神の声、仏の戒めでしたね」

「そんなこともあるんだな」

改めて眺めても、両次が足を洗ったのはわかる。さぞかし、いい左官になることだろう。

「だったら、やくざをやめたついでに、教えてもらいたいことがあるんだ」

「なんです？」

「ここは新たな盛り場になっていきそうなんだ」

「そうみたいですね」

「それで、品川のやくざが出張って来て、そこの原っぱで、どうもバクチをやっているみたいなんだ」

「品川から来てるんですか」

両次もさすがに驚いたらしい。

「ところが、傍目にはなんのバクチをしているのかわからねえんだ。それがわからなくちゃ、しょっぴくこともできねえ。あんた、なんのバクチかわかるかい？」

「どこです？」

「すぐそこだよ」

藤村は両次を、剣太が見えるところまで連れて行き、

「あれなんだ」

剣太はちょうど、客といっしょにいた。

「旦那にもわからねえんで？」

「ああ」

両次はじっと見て、ちょっと近づいて行き、

「たかがバクチですからね」

と、こっちを見た。どうやら、わかったらしい。

「教えろよ」

「でも、旦那は隠居したんでしょ？」

「まあな。倅《せがれ》の手伝いなんだ」

「足を洗い切れてねえわけですね」

両次はからかうように言った。

「世のため、人のためだろうが」

「なるほどね。あっしも足は洗ったが、昔の同業者を裏切るのは、あんまりね。な

あに、わかりますよ、旦那にも」

両次はそう言って、足早に立ち去ってしまった。

剣太に脅された仁左衛門は、やはりからめ手からにしようと、遠くから見つめていると、

「おや、七福堂さん」

「ああ、祇園堂《ぎおんどう》さんか」

同業の小間物屋で、永代寺の門前にあった店は繁盛していたが、地震で焼けてしまったらしい。この前、通りかかったときは、きれいさっぱり、無くなっていた。

「七福堂は無事だったみたいだね」

「箱崎の店はね。木挽町《こびきちょう》の出店は潰《つぶ》れちまったよ」

「そうかい。あっしのところはきれいに無くなったけど、なんとか資金の目途は立って、同じところに建て直せそうだよ」

「そりゃあ、よかった」

「でも、町が様変わりして、以前のように流行《はや》ってくれるかどうかはわからねえ。ここだって、以前はただの漁師町だったのに、なんだか怪しい場所になっていきそ

うだろ」

「そうだよな」

漁師の多くが津波の被害に遭い、持ち主がいなくなってしまったのだ。

「荒れるぜ、こうなると」

と、祇園堂のあるじは言った。

「町方も警戒はしているみたいだけどな」

「いやあ、いまの町方じゃ駄目だ」

「そうかね」

「深川の鮫《さめ》がいなくなっちまって、やくざがでかい顔をし出したところに、この地震だ。もう、無茶苦茶になっちまうよ」

祇園堂のあるじは、なんだか鮫蔵を懐かしむように言った。

「鮫蔵のことは皆、嫌っていたんじゃないのかい？」

「嫌ってたよ。あたしも、あいつは大嫌いだった。だが、こんなふうになると、やっぱりあの男は、深川には必要だったんだと、つくづく思うよね」

「そんなに違うかい？」

「睨《にら》みが違うよ。鮫蔵がいたら、地元のやくざだって、機嫌を窺《うかが》ってたんだ。ましてや、よそのやくざなんか入って来られるわけがねえ」

「そうなのか」

「どこに行っちまったんだか。こういうときこそ、戻って来てもらいてえもんだよ」

かつて深川きっての嫌われ者だった鮫蔵が、いまや待ちわびられている。当人が聞いたら、どんな顔をすることだろう。

五

「どうだ？」

「駄目だね」

「あっしは剣太に脅されちまった」

三人が集まって、どこから迫ろうかと相談し出したとき、突然、この一画に、

「すっぽん屋が刺された！」

という声が響き渡った。

「すっぽん屋だと？」

夏木があたりを見回した。

「確か、そっちにあったよ」

仁左衛門が、原っぱの左手を指差して、

「焼けた材木でつくったような小屋だけど、流行っているみたいだった」

この当時のすっぽん鍋《なべ》は、鍋物で言うと、どじょう鍋の下、あんこう鍋よりも下、これより下は、鍋物扱いされないゲテモノで、すなわち最下等の鍋扱いをされている。当然、表通りに店はなく、もっぱら裏通りの突き当たりや、こうした花街などで、そっと営まれている。

「よし、行こう」

真っ先に藤村が向かった。

すっぽん屋は確かにあった。屋号の代わりに、簡単な亀の絵が、頭上の板切れに描かれていて、すっぽんというか、なんだか肥った男が立っているみたいに見えた。

その下に、青ざめた顔の若い男が、手を血だらけにして立っている。

「お前か、喚《わめ》いていたのは？」

「な、なかに死体が……」

「お前がやったのか？」

「ち、違います。うつ伏せに倒れてたので、起こそうと腹を触ったら、血が……」

「逃げるなよ」

藤村は男にそう言って、のれんがわりの筵《むしろ》をかき分け、なかに入った。すぐに、夏木と仁左衛門も入って行く。夏木は、手を血だらけにした男も、いっしょになかへ入れた。

「なんだ、これは？」

倒れている男は頭に袋をかぶせられている。

藤村は、その袋を剝《は》ぎ取った。

まだ、若い。傷を確かめる。腹を刺され、腕も斬られている。出血は、腹よりむしろ腕のほうがひどいようにも見える。

藤村は、自分の手ぬぐいですばやくすっぽん屋の腕を縛り、さらにこの男の袖《そで》を切って丸め、脇の下に挟むようにした。こうすると、血の通いが悪くなり、出血も少なくなる。

青い顔で震えている男に、

「こいつは確かにすっぽん屋なのか？」

と、藤村は訊《き》いた。

「ええ」

「おい、しっかりしろ」

藤村は耳元で声をかけた。

すっぽん屋はうっすらと目を開けた。まだ、死んではいない。

「仁左。そこらに焼酎《しょうちゅう》はないか？」

仁左衛門が調理場を探した。

「あった。これが焼酎だよ」

「よし」

焼酎をかけながら、腹の傷口を見る。そう大きくはないが、腸まで届いているかもしれない。

藤村は、駆けつけた町役人に、

「ここらに金創医《きんそう》はいるか？」

と、訊いた。

「いや。一人いたのは、地震で亡くなってます」

「だったら、熊井町の番屋で、富沢虎山という医者の住まいを聞き、連れて来てくれ」

そう頼んでから、

「待っていても間に合わねえか。仁左、どこかから針と糸を持って来てくれ」

「針と糸？」

「傷口を縫うんだよ」

「わかった」

仁左衛門が飛び出して行き、妓楼の女将《おかみ》に借りたと言って、たちまちもどって来た。

「よし」

すぐに、針に糸を通して、腹の皮を縫い付けていく。

「おいおい、雑巾《ぞうきん》を縫っているみたいだな」

夏木が呆《あき》れて言った。

「とりあえず、こんなもんでいいか」

かがったりもせず、糸を断ち切った。出血はだいぶ少なくなっている。

だが、すっぽん屋の息は細くなり、身体は冷たく、顔色はどんどん蠟《ろう》のようになっていく。

「誰にやられたか、わかってるか？」

いちおう大きな声で訊いてみた。

やはり、返事はない。

がくりと首が落ちた。

「駄目か」

夏木がそう言ったとき、

「どこだ、怪我人は？」

と、虎山が駆けつけて来た。

「すまんな、虎山さん。無駄足だったよ」

藤村はそう言ったが、虎山はもう一度、脈を取ったり、心ノ臓を叩《たた》いてみたりしていた。

それを横目で見ながら、藤村は凶器が落ちていないか探した。

調理場には包丁は数本あるが、どれも血はついていない。

「お前は客か？」

藤村は、いまは呆然《ぼうぜん》と突っ立っている、店の前で叫んだ男に訊いた。

「というより、いっしょにこの店を始めたんです」

「こいつは、誰かに恨まれているようなことはなかったか？」

「いや、気のいい男でしたよ」

「借金は？」

「ないです。店は拾った材木で建てましたし、すっぽんなんざ、池でつかまえてくるだけですので」

「儲《もう》かってたか？」

「いちおう」

「儲かった金はバクチか？」

ふと、あのバクチと関係あるのではないかと、藤村は思った。

「あっしはやりませんが、相棒は好きでした」

「なんのバクチをしてたんだ？」

「さあ。あっしは、女専門で、そっちは興味なかったもんで」

そこへ、康四郎と長助もやって来た。

「早いな」

と、藤村が言った。

「ここの町役人が、佐賀町《さがちよう》の番屋に伝えておいたんです」

「なるほど」

佐賀町の番屋は、永代橋の前にある。通りかかった康四郎に報《しら》せたのだ。

その康四郎は、すっぽん屋の顔を見てすぐ、

「おい、長助」

「ええ。あいつですね」

「知ってるのか？」

藤村が訊いた。

「ええ。剣太となにか賭《か》けてるみたいだったんです。こいつが勝って、剣太は逆に銀貨を何枚か払っていたみたいでした」

「じゃあ、やったのは剣太だってえのか？」

藤村が訊くと、

「こいつが刺されたときは？」

康四郎は訊き返した。

「剣太は、あそこの原っぱに突っ立ってたよ」

「じゃあ、剣太じゃないですね」

と、康四郎は顔をしかめた。

六

遺体の後始末は、康四郎や町役人たちにまかせて、初秋亭の三人も今日は虎山といっしょに引き上げることにした。

歩きながら、虎山は藤村のわきに来て、

「あんた、たいしたもんだね」

と、言った。

「なにが？」

「手当だよ。どこかで医術を学んだのかい？」

「馬鹿言っちゃいけねえ。おいらが、そんな学問をやるわけがねえ」

「でも、脇の下に手ぬぐいを丸めて、挟み込むようにし、血の流れを細くしてるじゃないか」

「ああ、そんなことは同心にしてみれば当たり前だよ」

誰に教えられたか忘れたくらい、町方の同心のあいだでは常識になっている。

「それで、斬られたところは、強く縛っている。腹の傷のほうは、縫い付けたじゃないか」

「適当なもんだよ」

「いやあ、そこらの金創医でも、あそこまではできぬ」

「まあ、同心なんか長いことやると、こういう切ったに慣れてしまうんだよ」

「それでも、才能を感じるね」

「おいおい」

と、藤村は照れた。

初秋亭に帰ると、ちょうど早春《そうしゅん》工房から用事があって来ていた加代が、藤村の着物についた血を見て、

「また、血を？」

と、小声で訊《き》いた。

「そうじゃねえ、怪我人の血だよ」

「そうだったの」

ホッとした加代に、

「あんた、おいらが血を吐いたって、虎山にも言ったんだろ？」

「だって」

「いや、それはいいんだ」

男は病のことを言いたくない。弱みを見せたくないのだ。

だが、人に病はつきものだし、隠すことはないと、いまは思い始めている。

加代が帰ったあと、

「じつは血を吐いたんだ」

と、藤村は言った。

さすがに夏木と仁左衛門は、ギョッとした顔をして、しばらく言葉を失った。

「いつだ？」

夏木が訊いた。

「何度か吐いたんだ。最後は地震のときだった。あのときは、けっこういっぱい吐いたよ」

「それからは？」

「吐いてねえが、別に治ったわけじゃねえと思う」

「医者には？」

「虎山に診てもらったよ」

「なんと言った？」

「血を吐くときは、膈という病の場合があるそうだ」

「ああ」

夏木の眉《まゆ》が曇った。夏木は自分が中風《ちゅうぶ》を患ってから、多くの医書に目を通している。膈は死の病ということも知っている。

「ただ、膈のしこりには触れなかったと言っていた」

「それはよかった」

「だが、まだわからねえ。もっとも、膈というのはゆっくり進む病らしい。うまく養生すれば、五年や十年生きることも珍しくないらしい」

それは、二度目に診てもらったときに聞いた話だった。

「だったら、わしといっしょだ。わしの病も養生次第で、また出るかもしれぬ。お互い、病気持ちということだ」

「そうか。こうなると、元気なのは仁左だけってことだ」

「おいおい、あっしだけ仲間外れはないよ。あっしも、虎山さんのところに行って、なにか病を見つけてもらわなきゃ」

「それがいい」

「そうしろ」

夏木と藤村は、顔を見合わせて笑った。

七

翌日——。

夏木は一人で因速寺裏に来ていた。仁左衛門は、今日は七福堂の商売のことで用事があり、藤村はいったん初秋亭に来たが、本屋を何軒か回ってくると出て行ったのだ。

藤村には、一人で因速寺の裏に行くと告げると、

「一人はやめてくれ」

「昼間は大丈夫だろう」

「昼間でも人混みは危ねえよ」

「わしも、藤村ほどではないが、剣術はやれるぞ」

「だったら、鎖帷子《かたびら》をつけていってくれ」

「そんなものはない」

「持ってきたのさ」

と、細い鎖でできた帷子を見せた。

「これなら、襦袢《じゅばん》の上から着れば、鬱陶《うっとう》しくもないし、いざというときに怪我の具合はまったく違う。頼むよ、夏木さん」

「わかった」

と、その鎖帷子をつけて来ている。

因速寺の裏は、昨日、人が刺されるという騒ぎがあったのに、今日も大勢の人で賑《にぎ》わっている。知らないのか、それとも気にしていないのか。

いちおう、町奉行所からは、警戒のため中間《ちゅうげん》二人と、岡っ引きらしき者が、殺しの現場に出て来ている。おそらく、そのうち康四郎たちも顔を見せるはずである。

原っぱには、昨日はいなかった植木売りがいて、鉢植えを十ほど並べて売っていた。そのわきには、きのうは妓楼のわきにいた七味唐辛子屋が座っている。二人の店主は親しげに話をしていた。

夏木は、こうした場所にはほとんど縁がない。深川で遊ぶときもたいがい料亭で、妓楼の遊びはまったくと言っていいほど、体験していない。

「お武家さま。遊んで行きなよ」

声をかけられた。

あまり白粉《おしろい》っけのない遊女で、歳は三十前後といったところか。器量も、目が細く、下ぶくれで、お世辞にも美人とは言えない。だが、気取らずに済む気安さが感じられる。

一瞬、気持ちが動いた。

このまま、女の部屋に上がって、肌と肌を寄せ合い、外の喧騒《けんそう》を障子越しに聞きながら、そっちに触ったり、こっちを突いたりして、ゆるやかな時の流れを楽しみたい。生の愉悦は、立身出世だの、豪華絢爛《けんらん》だの、順風満帆だのといったところにではなく、そういう小さなたゆたいのようなところにあるのではないか。

だが、そうした愉悦も、きっといいことだけではない。そこには夏木が知らない危機や面倒ごともあるはずなのである。

もう少し勉強してからでいい、と思い直し、

「ああ、生憎《あいにく》だがな。いまはそれどころではないんだよ」

「そうかい。じゃあ、また、おいでな」

「そうするよ」

夏木はなんだか未練を残したような気分で、妓楼の窓辺を離れた。

小腹が空《す》いていた。

ふと見ると、道の前に屋台の団子売りが出ていて、串《くし》で刺した団子を焼き、刷毛《はけ》で醤油《しょうゆ》を塗っていた。その野卑な食べものが、ひどく香ばしく、空きっ腹を刺激した。

「いくらだ？」

「四文です」

あまりの安さに驚いた。屋台の食いものというのは、こんなに安かったのか。

「もらおう」

銭を払って一串もらい、左右を眺めたが、座れるようなところはないので、矢場の建物の横に行き、そこで隠れるようにしながら団子を食い始めた。

「うまいのう」

団子がこんなにうまいとは思わなかった。

食べ終えて、隣の矢場をのぞいた。

盛り場には付き物の遊び場である。

的を矢で狙うのだが、弓は楊弓《ようきゅう》という短くて手軽なものである。矢の先は、もちろん矢じりではなく、丸い玉がついている。

矢場によって違うが、的が太鼓のようになっていて、当たればドーンと音がするところもあれば、なにも音のしないところもある。

夏木は若いときに、一度だけ両国の矢場に入ったことがある。あのときは、藤村や仁左衛門はいっしょではなく、若い旗本数人とひやかしがてら入ったのだった。

楊弓の張りは弱く、弓矢には自信のある夏木からしたら、おもちゃそのものだが、それでも五射連続で、真ん中に当て、仲間から褒められ、いい気分になった。

だが、かんたん過ぎて馬鹿らしく感じ、以来、矢場には入ったことがない。

その矢場のようすをじっと見てしまう。

客は順番待ちをしているほどで、順番が来ると、客は女将《おかみ》に五十文を払い、矢を十本もらう。これで的を狙うが、せいぜい十間ほど先の的になかなか当たらない。

的のわきには、若い娘が座って、矢が当たった場所を確認し、甲高い声を上げる。

じつは、矢場の遊びには裏があることは、最近知った。上品な矢場は、当たりに景品をつけるだけだが、下品なところになると、例えば、十本ぜんぶ的の真ん中に当てると、わきにいる娘と、二階に上がることができるらしい。

なんのことはない、ここも妓楼みたいなところなのだった。

その娘の声を聞きながら、

――ん？

夏木の脳裏に閃《ひらめ》いたことがあった。

――これで、賭《か》けているのではないか。

矢場の娘が、

「ハズレ！」

と、言えば、掛け金は取られる。

的の外側の円に命中し、

「当たりぃ！」

と、言えば、掛け金は二倍になってもどる。

「大当たりぃ！」

と、言えば、四倍になってもどって来る。

夏木は原っぱに行き、娘の声が聞こえるか、試してみた。

今日はまだ、剣太は来ていない。その場所で耳を澄ますと、はっきりと、矢場の娘の声が聞こえた。

――すっぽん屋はこれを見破って、楊弓のうまい知り合いに矢を射させ、賭けに勝っていたのではないか。

夏木は急いで、初秋亭にもどった。

八

「……というわけなのだがな」

夏木が康四郎と長助に語った。その前に、藤村と仁左衛門の意見も聞き、それに違いないと確信も得ていた。

「素晴らしい。さすがですね」

康四郎がちらりと父を見ると、

「気づいたのは夏木さんだ。おいらじゃねえよ」

「ただな、康四郎さん。生憎と証拠がないのだ」

夏木がそう言うと、

「大丈夫です」

康四郎は自信ありげに言った。

「大丈夫なのか？」

藤村が訊《き》いた。

「まずは、やつの短刀を探ります。血脂がついていたら、しめたものですが、ないときでも刺し傷の大きさを照合します。傷口の大きさは測ってますので」

「ほう」

「野郎は、すっぽん屋に取られたあと、すぐに店に行って、殺したのでしょう。だから、夏木さんたちが行ったときは、もう、すっぽん屋を殺したあとだったんです」

「なるほど」

「でも、やつはおそらく返り血を浴びています。着物が替わってましたから。それは、野郎の女の家を探せばたぶん出てきます」

「女が近くにいるんだ？」

「ええ。出てこなくても、血のついた着物で出入りするところは、誰か見てるはずです」

「だろうね」

「大丈夫です。お白洲《しらす》の裁きでも、あいつは言い逃れることはできませんよ」

そう言って、

「おい、長助。行くぜ」

いまから剣太の捕縛に向かうらしい。

「手伝うか？」

藤村が訊いた。

夏木と仁左衛門は顔を見合わせた。今日はやけに素直に倅《せがれ》の応援を申し出たものである。

「では、念のために待機してもらえたら」

康四郎がそう言ったので、二人のあとから初秋亭の三人がついて行った。

剣太は原っぱにいた。

康四郎が夏木たちにうなずきかけ、そのまま近づこうとしたとき、わきから突進するように近づいた四人の武士たちが、

「品川の剣太だな。天誅《てんちゅう》！」

と叫ぶやいなや、真っ向から斬りつけたではないか。

喧嘩《けんか》自慢の剣太も、これにはなにもできず、肩から斬り下げられ、その場に倒れ伏した。

「何をなさる！」

康四郎が叫んだ。

「われら、江戸天誅組の者。地震のあと、この江戸を汚す者を退治するために結成

した。こやつらの悪事もすでに調べてある」

と、一人が言った。

「それは町方の仕事だ」

「町方のやり方など、まどろっこしくて見ておられぬわ」

「なんと」

「文句があるなら、評定所に言え。すでに話は通っている」

そう言うと、四人は踵《きびす》を返し、肩を揺すりながら悠々と立ち去って行った。

「夏木さん」

藤村は夏木を見た。

「ああ、あのときのやつがいたな」

あのときとは、永代橋の上で、夏木が襲撃されたときのことだった。

九

そのころ――。
京都の建仁寺《けんにんじ》から、いかつい身体つきの一人の僧侶《そうりょ》が旅立つところだった。いちおう僧侶の名もあるが、ふてぶてしい顔つきは、元の鮫蔵という名のほうがふさわしい。

見送った先輩の僧侶が、

「江戸に行ったら、どうせ還俗《げんぞく》するだろうな」

と、笑いながら言った。

「どうですかね。あっしのような者は、仏さましか相手をしてくれないと思うんですが」

「いや、あたしには、あんたは巷《ちまた》をさまようほうが、世のなかのためになるような気がするよ」

「ま、じっくり考えてみます」

と、鮫蔵は言って、寺を後にした。

江戸でとんでもない大地震が起きた。多くの家がつぶれ、火事が出て焼かれ、さらに津波に襲われた。そのあと、疫病が発生したところもあるという。いまのところわかった死者の数は、十万人を下らないらしい。

鮫蔵はこの報《しら》せを聞いて、居ても立ってもいられなかった。すぐに江戸に向かおうとしたが、もう少し事情がわかってからにしたほうがいいと、先輩たちに止められた。江戸の関連する寺からも報せが来るだろうから、そのときは援助金を届けてもらいたいと。

鮫蔵は逸《はや》る気持ちを抑え、ひと月ほど焦る気持ちを耐え、ようやくこの日、江戸に向かうことになった。

いざ、歩き始めると、その足取りは速い。

しかも、歩くたびに、やっとのことで僧侶として身につけたはずの謙虚さや敬虔《けいけん》さといったものが、はらはらと剝《は》がれていくのを、自分でも自覚していた。

前から来る旅人の反応でもそれはわかる。

皆、鮫蔵を見ると、さりげなく端に寄るのである。

通り過ぎた旅人二人の囁《ささや》きも聞こえた。

「怖いねえ」

「ああ、まるで鮫だよ、あれは」

二人は怯《おび》えたように言った。

「こんなに信心深い坊さまのどこが怖い」

と、鮫蔵はひとりごちた。

だが、まだまだ睨《にら》みが利くらしいことはありがたい。

おそらく深川は、いまやろくでもない連中が跳梁跋扈《ちょうりょうばっこ》しているはずである。災害のあとは、かならず風紀が乱れるのだ。

そういうときに必要なのは、頭から正義を怒鳴る連中ではない。悪党の背後からそっと忍び寄り、首元にがぶりと食いつく、人の裏を知り尽くした男なのだ——鮫蔵はそう思っていた。

第三話　逢瀬《おうせ》の輪

一

金太が初秋亭の前を必死の形相で駆けていくところだった。

それを見かけた藤村が、外に出て、

「おい、金太、待て。どこへ行く？」

と、呼び止めた。

金太は一瞬だけ立ち止まって、

「浜で小判が見つかるらしいよ」

そう言って、また駆け出して行ってしまった。

「浜で小判だとさ。おいらも探したいね」

藤村が真面目な顔で言うと、

「見に行くか」

夏木も立ち上がった。仁左衛門はまだ来ていないが、いたらかならずいっしょに行くだろう。

大島町《おおしまちょう》のほうに向かうと、何人かが、忍藩邸のわきから海辺のほうに出て行っているらしい。そこは、以前は塀があって、迂回《うかい》しないと海辺には行けなかったが、この前の地震や津波で塀が崩れ、修理もままならず、いまのところ、漁師が通ったりするのも黙認しているようだった。

藤村と夏木も、そこを通って海辺に出てみると、いるわいるわ、ここらは潮干狩りのころはかなり賑《にぎ》わったりするが、それと同じくらいの人が出て、海辺の泥や砂を掘り起こしているのだった。

まだ東のほうにある朝日が、浜を斜めに照らして、あちこちがきらきらと輝いている。

「こりゃ、ほんとにありそうだな」

藤村も思わず足を早めそうになったが、

「おい、駄目だ。これ以上行くのはやめたほうがいい。泥に埋まった壊れた家の残《ざん》骸《がい》がいっぱいある。釘《くぎ》など踏み抜いたら、おこりが出て、死んでしまうぞ」

と、夏木が藤村を止めた。いまで言う破傷風のことである。

「ほんとだ」

藤村もすぐに危険なことを認め、

「金太も気をつけないとな」

そう言ってあたりを探すと、すぐに見つけた。

「おい、金太！　釘を踏み抜くと大変だ。もどって来い！」

「大丈夫です。下駄履いて来てますから」

「なんだよ。用意周到じゃねえか」

藤村は肩をすくめた。

「まあ、佐賀町あたりの大店《おおだな》も、けっこう流されているからな。小判が見つかっても、なんの不思議はあるまい」

「そりゃあそうだ。どうせなら、千両箱でも、見つけたいね」

二人は、小判探しは諦《あきら》め、初秋亭にもどった。

すると、今度は、

「藤村さん。やくざの喧嘩《けんか》だ」

と、隣の番屋の番太郎が飛び込んで来た。

「おい、それはお前たちの仕事だろうが」

もう、現役の同心ではないのである。

「皆出て行って、あっしもいまから行くんです。康四郎の旦那《だんな》も駆けつけて来ましたよ」

康四郎の名を聞くと、藤村の顔つきが変わった。

「数は多いのか？」

「そうみたいです。町役人さんたちも刺股《さすまた》を持って飛び出していきましたから」

大勢で争っているとなると、止めるのにも人手がいる。

「どこだ、場所は？」

「一ノ鳥居のあたりらしいです」

富ケ岡《とみがおか》八幡宮《はちまんぐう》の真ん前にあるのは二ノ鳥居で、一ノ鳥居はここから四、五町ほどのところにある。

「ふうむ」

藤村は迷っている。倅《せがれ》の仕事には手も口も出したくないのだ。

「おい、行くぞ」

夏木が、藤村の肩を叩《たた》いた。

駆けつけると、喧嘩はすでに終わっていた。地べたはそっちこっちで、引っかかれたみたいになっていて、そこに印をつけたみたいに血の跡が残っている。ともに十人くらいのやくざが、互いに長ドスを振り回し、周囲の者は逃げ惑うくらい派手な喧嘩で、一時は大騒ぎになったらしい。また、やくざ同士の喧嘩は、武士同士の二十倍くらいやかましいのだ。

怪我人も出ていたが、それはそれぞれが連れ帰ったらしかった。もっとも、やくざ同士の喧嘩は、騒ぎほど怪我人は多くない。

藤村はまだ残っていた野次馬に、

「どことどこの喧嘩だったんだ？」

と、訊《き》いた。

「一方は、ここらの連中じゃなかったですよ。もう一方は、深川のやくざたちでしたね」

「熊蔵《くまぞう》はいたか？」

「いました、いました。ほとんど親分のようでしたよ」

「あいつがな」

藤村は舌打ちした。ここらを現役で回っていたころは、熊蔵は見るからに三下やくざで、藤村を見かけると、揉《も》み手して寄って来たものだった。

見ると、康四郎と長助も野次馬たちに事情を訊いていたが、やがて訊き込みも終わって、こっちにやって来たので、

「近ごろ、やくざの喧嘩が多いな」

と、藤村は声をかけた。

「そうなんです。ちょっと面倒なことになったみたいでして」

「なんだ？」

「品川の親分と、芝《しば》の親分が手を組んで、深川に出て来ているんです。それで深川のほうでは、両国の親分を引っ張り込んで、喧嘩の規模が大きくなっているんです」

「なんてこった」

と、藤村は顔をしかめた。

「しかも、あの江戸天誅組の連中もでかい顔をして動き出してまして、今日も洲崎《すさき》弁天の境内で、やくざが二人斬られています」

「そんなことさせといていいのか？」

藤村は訊いた。町方の面目が丸つぶれではないか。そのうち、火盗改《かとうあらた》めなどからも、文句が出てくるだろう。

「もちろん、お奉行は怒っています」

「そういえば、やつらは評定所にも話は通っているなどと言っていたな?」

「通っているというのは、大げさみたいです。ただ評定所にも江戸天誅組を支持する人が何人かいるらしくて、治安維持のためには、役に立つというんです」

「ひでえな」

「しばらくは荒れると思いますので、皆さん方もどうぞお気をつけて」

康四郎が夏木を見て言うと、夏木は鷹揚《おうよう》にうなずき、

「康四郎さんも、気をつけないとな」

「ええ。おいらは鎖帷子《かたびら》を着てますし、長助も革の胴巻を巻いてるんです。なんせ、大勢を相手にしなきゃならないこともありますし」

康四郎のわきで、長助がちらりと胴巻を見せた。

この若い岡っ引きは、最近、藤村も感心するくらい凄味《すごみ》が出てきている。

二

同じころ、仁左衛門は相川町《あいかわちょう》のあたりをゆっくり歩いていた。

災害のあとは、大量のゴミが出る。

ゴミもよく見れば、いいものもある。

桐の箪笥《たんす》があった。しかし、これは水をかぶっていて、臭いがひどい。

お碗《わん》のかけらもいっぱい捨てられている。茶会で使われたようないいものも交じっているかもしれない。

ゴミはまとめて、指定の場所に捨てることになっている。そうしないと、町じゅうがゴミだらけになるし、泥棒と区別がつかなくなる。ゴミはあさってもいいが、壊れた家から勝手に物を取り出せば泥棒である。

夏木や藤村には言えないが、仁左衛門は、ゴミの山があると、ついつい見入ってしまう。たまに、拾ったりすることもある。数日前は、茶碗《ちゃわん》のかけらを拾った。精巧な絵柄が入った、どう見ても白薩摩《しろさつま》の茶碗である。

かけらをつなぎ合わせたら、七割ほど形になった。ない部分は素焼きの碗で補い、金継ぎをほどこせば、美しさはずいぶんよみがえりそうに思えた。

また、釣り竿《ざお》のいいものも見つけた。多少、傷があるが、磨き直せばいいし、自分で使う分には充分である。

熊井町との境目あたりまで来たとき、若い男がゴミ置き場の前に屈《かが》み込んでいる。

見れば、夏木の三男の洋蔵《ようぞう》である。

「なんだ、洋蔵さんじゃないの。落とし物でもしましたかい？」

「ああ、七福堂さん。いや、落とし物じゃなく、ゴミの山から宝を探しているんですよ」

「同じことしてるよ。あっしもそうなんですよ。でも、お父上に見られたら、みっともないと叱られるよ」

「あっはっは。叱られたってかまいませんよ」

洋蔵は屈託がない。

だが、夏木の気性は、たぶん長男よりこの三男のほうが受け継いでいる。

「でも、掘り出し物はあるよね？」

と、仁左衛門は言った。

「ありますよ。だいたい、世のなかには、ある人にはゴミでもある人には宝というのは山ほどあります。骨董《こっとう》などは、その典型です。それで、こういうことになると、そういう宝がどっとゴミになって出るんです」

「そうそう」

「わたしは、仏像を二体、掛け軸も三軸ほど拾っています。どれもちょっと修復すれば、立派に売りものになるものでした。まあ、どれも、被害にあった人のことを考えると、切なくなりますが、ゴミにするよりは、価値を見出《みいだ》してあげたほうがいいと思いますのでね」

「ほんとだよ、洋蔵さん」

仁左衛門が漠然と思っていたことを、洋蔵はうまく言葉にしてくれた。

二人は、別のゴミ置き場の前で足を止めた。

「洋蔵さん、なんだい、こりゃ？」

「鎧《よろい》の胴丸みたいですけどね」

同じものが四、五十ほど並べられ、

「御入用の方はどうぞ」

と、貼り紙まで貼ってあるではないか。

「鎧だったら、兜《かぶと》なんかもあるんじゃないの？」

仁左衛門が訊いた。

「昔からある正式のやつはそうですが、これは胴丸だけみたいですね。ただ、いちおう紐《ひも》をつける穴も開けられているし、そっちのは紐がついたままだし、鎧の胴丸なんでしょうね」

洋蔵は首をかしげて言った。

「道場なんかで使うのかい？」

「いや、こんな鉄の胴をつけることはないですよ」

「ということは実戦用なんだ？」

「そう言われても、わたしは鎧なんかつけたことはないし、まして実戦に出たこともありませんしね」

「そうか。こういうのは、お父上に訊《き》いたほうが良さそうだね」

そう言っているところに、永代寺のほうから夏木と藤村がやって来るのが見えた。

「夏木さま！」

仁左衛門が呼んだ。

藤村もいっしょにこっちにやって来ると、

「なにをしている。二人で？」

夏木が訊いた。

「これなんだよ」

と、仁左衛門がゴミの山を指差した。

「ほう。胴丸がずいぶん捨てられておるな」

夏木は呆《あき》れたように言った。

「やはり、胴丸ですよね？」

洋蔵が訊いた。

「だよな？」

夏木は藤村に訊いた。

「いやあ、おいらの家には鎧なんてたいそうなものはないからね」

「それはまあ、わしのところには、いくつか鎧はあるが、わしだってあんなもの、じっさいにつけたことはないぞ」

「そうなのかい」

「だが、道場で使うものではなさそうだな」

と、夏木は一つを取って、叩《たた》いてみる。

「鉄だな」

「それくらいはおいらもわかるよ」

と、藤村は苦笑した。

「鎧なら銅のものもある」

「そうなのか」

「ずいぶんかんたんな造りだが、これなら鉄砲の弾もはじくし、槍《やり》も通せないだろう。すなわち、防具としては、立派に役目を果たすだろうな」

「なるほど」

「だが、これほど飾りがないということは、合戦で足軽あたりがつけたものではないかな」

「足軽がね」

「あるいは、急な戦があって、慌てて動員した百姓などにつけさせたのかもしれぬな」

「元寇《げんこう》のときとか？」

「いや、そんなに昔の話ではないだろう」

「そりゃそうか」

夏木は周囲を見回した。

ここらは町人地だが、ちょっと歩けば、忍藩の中屋敷や、松代《まつしろ》藩の下屋敷、それにお船手組の組屋敷などがある。

「まさか、屋敷の者がこんなところに捨てたりはしないだろう」

「家紋のようなものもないしね」

ちょうどゴミ置き場の隣の、下駄屋のあるじがいたので、

「これを置いて行った者は、どんなやつだったかわかるか？」

と、夏木が訊いた。

「ああ、お武家さまじゃなかったです。町人でした。お店者《たなもの》みたいな感じはしましたがね」

下駄屋のあるじは、店を再開するのに、忙しいらしく、それだけ言って、すぐになかへ入ってしまった。

「お店者がねえ？」

仁左衛門が首をかしげ、

「気味悪いですね」

洋蔵が言った。

「なあに、売りものにしようとしたが、しくじったのだろう。そのうち、いかけ屋あたりが拾って、鍋《なべ》だの釜《かま》だのにしてくれるさ」

夏木がそう言うと、三人もうなずき、この一件には興味を無くしたようだった。

三

一方――。

木挽町の〈七福堂〉の出店では、倒れていた店が起き上がったところだった。

「よし、ゆっくりやるんだ」

「そっち、早いよ。真ん中に合わせろ」

「誰か、もう一本、つっかい棒を持って来てくれ」

大工たちの声が飛び交っている。

ようやく、店の前面がのめり込むように崩れていたのを、つっかい棒を入れるようにして持ち上げたのだ。

ここは間口一間半の店が三つつながった長屋になっていて、三軒いっしょにやらないとできなかったが、糸屋をしていた一軒の女将《おかみ》が亡くなって、もう商売はやめるとのことで、連絡を取るのに手間がかかったのだ。

志乃に加代、耳次《みみじ》を背負ったおさとのほかに、箱崎の七福堂から来たおちさも見守っている。

つっかい棒はそのまま柱にくっつけ、板を打ち付けて、いっしょにした。これで強さも増したはずである。まだ、ときおり余震があるので、油断はできない。

加代たちは散らばった瓦《かわら》を片付ける。そうたくさんは割れていない。

「どうです？」

加代が大工の棟梁《とうりょう》に訊いた。

「これなら、梁《はり》を補強して、あとは壁などをいくらか手直しすれば、使えるでしょう」

と、棟梁は言った。

「よかった」

「これで、新しい薬を売れるわね」

志乃が微笑んだ。

薬は試行錯誤したが、昨日、ついに完成した。

基本は柿の葉茶だが、これに桂皮《けいひ》と陳皮《ちんぴ》を配合して、いい匂いがするようにしたのである。桂皮の匂いはかすかに甘いが、花の匂いのような甘ったるさではない。このほうが、毎日飲んでも飽きないはずなのだ。

匂いを楽しみながら、ゆっくり飲み干す。

もともと柿の葉茶は肌にいい。加えて、桂皮や陳皮は胃に効くので、そこからも肌をきれいにする。

なにより、いい匂いは、気持ちをゆったりさせ、イライラを取り除いてくれる。

「これぞ、女の薬よね」

最初の一服目をゆっくり味わって、志乃が言ったものである。

「そうそう、名前を考えたんですが〈女美宝丸《おんなびほうがん》〉が売れたので、〈女安気丸《おんなあんきがん》〉にしようと思っているのですよ」

と、加代が言った。

「いいですね、それ」

おさとが微笑み、

「なんだか、売れそう」

と、おちさも言った。

「じゃあ、それに決めましょう。さっそく、用意しなくちゃね」

志乃はこのところ、自分でも薬研《やげん》を転がして、材料を粉にしているほどである。

「志乃さま、では、また袋の柄を」

「まかしといて。だいたいの案はできてるの。おっと、それと棟梁に頼んで、あの三角の板を柱や梁に打ちつけてもらわないと」

志乃が手を叩《たた》いて言った。

「あれを打ちつけておいたところは、どこもびくともしなかったんですものね」

加代の言葉に、

「それを言うと、うちの人の鼻の穴がふくらんじゃって」

と、おさとが笑った。

女たちが、店の再開に喜んでいると、お店者らしい男が、

「あんたたち、また、ここで薬を売るつもりかい？」

そう言って近づいて来た。

「そのつもりですが」

加代が向き合った。

「小間物屋だろ、ここは？」

「ええ」

「小間物屋が薬を売って、かまわないのかい？　まずいんじゃないのかい？」

露骨な脅し口調ではないが、どこかに威圧しようという気配がある。

「どちらさま？」

加代は訊《き》いた。

「通《とお》り四丁目の〈甲州屋《こうしゅうや》〉だけどね。あたしは、番頭の才蔵《さいぞう》という者だよ」

「甲州屋さん……」

江戸屈指の薬種問屋である。あれほどの大店が、こんな間口一間半の小店を気にかけてくれるなんて、むしろ光栄ではないか。番頭とは言ったが、まだ四十前後に見える。おそらく、三番番頭とか四番番頭くらいだろう。

「悪いことは言わない。小間物屋が薬を売るなんてことは、やめたほうがいいと思うよ」

「ご忠告はうけたまわっておきますが、わたしの倅《せがれ》に訊きましたら、かつては薬種屋の株仲間に入って、薬も和薬改会所《わやくあらためかいしょ》の吟味を受けることになっていたそうですが、いまはだいぶゆるくなっていると聞きまして」

「そんなことはない。うちは、その株仲間で改役もしているがね。江戸の場末ならまだしも、ここは、江戸の目抜き通りにも近いところだしね」

「そうですか？　倅は、南町奉行所の定町回りをしているのですが」

「えっ」

「いちおう株仲間にも入って、薬も認可を受けるつもりですけど」

「いや、それは……」

番頭の顔が強張《こわば》った。そこへ、

「うちの息子は、お城の西ノ丸で用人をしておりますが、お女中たちの薬は、甲州屋さんからいただいていましたかしら？」

と、志乃が言葉を挟むと、

「いや、あたしはそういうつもりで言ったのではなく、あのですね……」

言葉はしどろもどろ、顔色は糸が吐けない蚕のような、不気味な薄緑色になっている。

「どうぞ、お引き取りを」

「失礼いたします」

甲州屋の番頭は、来たときとは打って変わって、両足を引きずるようにしていなくなった。

四

翌日――。

夏木は深川の外れにある尼寺に行ってきた。

富沢虎山の医院を手伝っているおかみさんが、

「尼さんが、今度の災害で、飼い主がいなくなった犬猫を引き取って育てたいと言ってます」

とのことで、夏木はわざわざ出向いて、詳しい話を聞いてきた。

尼さんは、いままで犬を一匹飼っていて、猫は飼ったことがないという。

そこで、猫の飼い方を教えたが、

「ただ、かわいそうだというので、頼まれた犬猫をすべて引き受けると、面倒見切れなくなるので、せいぜい犬は三匹、猫は四、五匹くらいまでにしといたほうがよろしいですぞ」

と、念押ししておいた。尼寺には二百坪ほどの庭もあって、ゆとりはあるのだが、生きものは住み心地がいいと、きりなく増えたりする。

夏木の知っている家でも、数え切れない数の猫を飼っていて、周囲から臭いとずいぶん文句を言われていた。そこの猫たちも、波にさらわれたり、炎に巻かれたりして、ずいぶん死んでしまったはずである。

それでも、深川の猫の相談役みたいになっている夏木としては、奇特な人がいてくれるのはありがたかった。

熊井町にもどって来たとき、

「おっ」

ゴミ置き場の前に来て、足を止めた。あれだけあった胴丸が、すべて無くなっていたからである。

向かいに下駄屋のあるじが座っていたので、

「ここにあった鉄の胴丸だがな」

「ああ、はい」

「いかけ屋でも拾って行ったのか？」

「いかけ屋ならよかったんですがね」

「誰だ？」

「やくざですね、あれは」

「やくざだと？　見覚えのあるやくざか？」

「ええ。永代の岩五郎のところにいた熊蔵ってやつです。ちっと鈍いので、親分にはなれまいと思っていたんですが、岩五郎親分は死ぬわ、一の子分だった両次ってのは、足を洗っちまうわで、近ごろでかい面しているんですよ」

「ぜんぶまとめてか？」

「そうなんですよ」

まさか、やくざが鎧《よろい》を使うとは思わなかった。

ああいうものは、番屋に預かってもらい、いかけ屋が通りかかったときにでも、持って行ってもらえばよかったのだ。

やくざ同士の抗争で使われたら、ますます面倒になる。

初秋亭にもどってその話をすると、

「それはおいらも迂闊《うかつ》だった」

と、藤村も悔やんで、

「やくざの喧嘩《けんか》は、斬るよりも刺すほうがもっぱらだからな、胴丸なんかつけて喧嘩をやられたら、なかなか決着がつかねえから、一日中やってるぜ」

冗談混じりにそう言った。

だが、熊蔵たちの胴丸の使い道は、夏木たちの想像を超えたのである。

翌朝――。

夏木が永代橋を渡って来ると、熊井町とは反対の、左手の佐賀町のほうに、ぽつりぽつりと人だかりがある。見覚えのある佐賀町の町役人もいたので、

「どうかしたのか？」

と、声をかけた。

「しまったなあ」

町役人は声を落とし、

「じつは、黒旗さまの屋敷の前で、お侍が二人、亡くなっていたんですよ」

と、言った。

「遺体があるのか？」

「いいえ、さっさと片付けられてしまいました」

「二人というと、病ではないのか？」

「斬られて亡くなったんです。しかも、見た人がいるんですが、どうもやったのは、やくざたちだったみたいなんです」

「やくざが？」

「腹には、胴丸をつけ、鍋《なべ》までかぶったりしたやくざたちが、隠れていて、帰って来た二人を、仕返しだと言って、襲いかかったんだそうです。お侍たちもすぐに刀を抜いて応戦したんですが、なんせやくざは、胴丸などで身を守ってましたから、寄ってたかって、お侍二人を切り伏せちまったんです」

「なんてこった」

あの胴丸は、いちばんまずい使われ方をしたらしい。

「熊蔵のところの者か？」

夏木はさらに訊《き》いた。

「どうも、熊蔵んとこの者だけじゃないみたいです。洲崎弁天で殺されたのは、両国のやくざだったそうですね」

「そうなのか」

「その仕返しにやったんでしょうから、熊蔵は手伝わされたってとこじゃないですかね」

「なるほど。だが、これが噂になると、黒旗のところも引っ込みがつかなくなるだろう」

「ですよね」

町役人も、いかにも困ったというようにため息をついた。

案の定、その日のうちに噂は深川界隈《かいわい》を駆け回った。

要は、

「侍がやくざに殺された」

という話になる。

これには、黒旗家も怒った。

江戸天誅組も、急遽《きゅうきょ》、浪人者などを集めて、四十人ほどになっていたらしい。舘《たて》岡三十郎《おかさんじゅうろう》という七十すぎの用人が、組長になっている。揃いの羽織までできていた。黒染だが、背中に炎が描かれている。目立つけれど、やけに不穏な感じがする。

そのお披露目とばかりに、同じ羽織を着た四十人が、黒旗家を出たときに、運の悪いことに深川のやくざをつぶそうと、芝と品川がいっしょになったやくざが二十人ほど、永代橋を渡って来た。

「やくざどもだ。武士に楯突《たてつ》く不届き者を斬ってしまえ」

組長の命が下った。

「うぉーっ」

とばかりに刀を抜き、やくざたちに斬りかかった。

「なんだ、なんだ。おめえらは、熊蔵に頼まれたのか?」

襲われたほうは、わけがわからない。なぜ、武士が敵に回ったのか。

まともに斬り合ったら、やくざは武士にかなうわけがない。

長ドスをぶつけるように投げ出し、あとは逃げるしかない。

江戸天誅組のほうは、逃げるのを追いかけて斬り殺す。まるで、虫でも退治しているようで、じっさい目撃した者からは、

「武士が笑いながら斬っていた」

とか、

「こんな面白いことはないと言っていた」

といった証言も出ていたという。

二十人のうち、十一人が即死。逃げようとして永代橋から飛び込み溺死《できし》したのが一名。ほかも大怪我をし、たまさか無傷で逃げおおせたのは、二人だけだった。

初秋亭の三人は、この騒ぎを直接見ることはなかったが、話はすぐに伝わってきた。

「なんてこった。これは、三つ巴《どもえ》でこじれるかもな」

と、藤村は呆《あき》れて言った。

しかも、江戸天誅組のふるまいは町人たちからも反感を買い、佐賀町の町役人一同から、

「女子どもも大勢通るあのような場所で、あれほどの血を流すなど、たとえ相手がやくざ者でもやり過ぎではないでしょうか」

という訴状が、江戸名主《なぬし》に提出されたということだった。

五

江戸天誅組の残虐なふるまいは、さすがに幕府の評定所でも議案に取り上げられたが、治安の乱れのほうを重視する意見もあって、議論は紛糾した。

結局、一日で結論は出ず、議論は持ち越しとなった。

この議論の中身は、黒旗家にも伝わり、当主の黒旗は、

「先に深川のやくざを一掃したという業績をつくってしまおう」

と、組長の舘岡に言った。

そこで、すぐさま江戸天誅組は動いた。

今度狙われたのは、深川の熊蔵たちの仲間で、因速寺裏の新しくできた妓楼《ぎろう》にみかじめ料の催促に来たところを、

「女郎から金をむさぼる者はただでは置かぬ」

と、襲いかかった。

熊蔵たちも、こんなことがあろうかと、武器や防具を用意してあり、両国からの援軍も待機させてあった。

「やっかましい。サンピンどもの言うことなんか聞けるか」

そう言って、乱闘が始まった。

今度は、熊蔵たちも数では負けていない。両国の援軍が三十人近くいて、さらにいまや熊蔵一家となりそうな二十人が合わさって、計五十人が、江戸天誅組を取り囲むようにした。

「待て、待て。町なかの喧嘩《けんか》は相ならん！」

報《しら》せを受けて、康四郎と長助が飛んで来た。

「おい、若いの。邪魔すると、怪我するぞ」

舘岡が言った。

「町方に刃《やいば》を向ける気ですか」

康四郎は憤然として言った。

「こいつらを斬るのに振り回す剣が、そなたたちに流れるかもしれぬと言っておるのだ」

このやりとりに熊蔵も喚《わめ》いた。

「藤村の旦那《だんな》。こいつらは、ただの人殺しですぜ！　笑いながら人を斬ってるって、町の連中も言ってますよ！」

「それは、やくざを叩っ斬るのは面白いだろうよ」

舘岡がうそぶいた。

「このサンピンども！」

「きさまらこそ、町のゴミだ！」

いったん中断した乱闘が、さらに激しくなった。

そこへ報せを受けた初秋亭の三人も、駆けつけて来た。

「なんてこった」

見れば、康四郎と長助も、背中合わせで戦っている。康四郎が、江戸天誅組の相手をし、長助が熊蔵一家と戦っている。これでは喧嘩を止めるどころではない。

「よせ。よすのだ！」

藤村も刀を抜いて、乱闘のなかに飛び込んだ。

「なんだ、きさまは？」

「町方の援軍だ」

こうなると、理屈もなにも通じない。

三者が入り乱れた。

夏木と仁左衛門はこの乱闘から離れている。

「仕方がない。わしの十八番《おはこ》を披露するか」

夏木は持ってきた弓に矢をつがえると、ゆっくり周囲を見回した。

あちこちで斬り合いがおこなわれている。

康四郎は藤村がつねづねけなすほど剣さばきは悪くなく、いい動きで相手を圧倒している。若いこともあるし、鎖帷子《かたびら》も身につけているだろうから、そう心配はない。

康四郎と背中合わせの長助は、やくざ相手に戦っているが、こちらもいかにも喧嘩慣れしたような動きで、すばやく身をかがめると、相手の足を十手《じって》で払った。相手のやくざは、痛みに耐えかね、地べたをごろごろとのたうち回った。

やはり心配なのは藤村である。

いくら剣術が得意だといっても、寄る年波というものがある。疲労はすぐにやってくるのだ。

見れば、ひとりを相手にしている横から、もう一人が上段に構えて、斬り込む隙を窺《うかが》っている。あれはまずいだろう。

夏木は狙いを定め、矢を放った。

「うわっ」

声はここまで聞こえた。矢が上段に構えた左手の甲に突き刺さったのだ。あれを抜くのは相当の痛みがあり、もはや戦うことも困難だろう。

「お見事」

仁左衛門は思わず言った。

夏木は背中の矢筒から次の矢を抜いてつがえた。

「きさま。やくざの味方か！」

こっちを見て、叫んだ武士がいる。

しかも、突進して来る気配である。

「やくざの味方ではない。町方を助けているのだ」

「町方など無用だ！」

激昂《げきこう》し、向かってきた。

「馬鹿なやつが」

夏木は慌てずに引きつける。

「夏木さま！」

仁左衛門が不安げに叫び、手にしていた灰を入れた袋をぶつけようと構えた。

二間ほど前まで迫ったとき、矢が放たれた。

相手は飛んできた矢を刀で払った。払える自信もあったらしい。

だが、夏木が放った矢は、払ったつもりの剣先より遠く、踏み出していた相手の左足の甲に突き刺さった。まるで足が地面に打ちつけられたみたいに、深々と突き刺さった。

「ああっ」

「わしの弓の腕は、上覧に与《あずか》ったものだぞ」

「そうなのかい」

わきで仁左衛門が驚いた。

「しかし、これは長引きそうだな」

夏木が困った顔で言った。

仁左衛門は思案し、

「火事だ、火事だ。喧嘩どころではないぞ！」

と、大声で叫んだ。

誰もが、ついこのあいだの火事の凄《すさ》まじさが身に染みていたのか、その効果は絶大だった。

「火事だって？」

「まずいぞ」

「引け」

「今日はここまでだ」

どちらも仲間に声を掛け合い、それぞれがここから去って行った。

「仁左。お見事！」

夏木が仁左衛門の機知を褒めた。

ちょうどそこへ、ほかの町方の同心数人も駆けつけてきて、現場では事情聴取が始まった。

康四郎も最初から見ていたわけではないので、野次馬から話を聞いたりしている。

藤村が夏木のいるほうへもどって来て、

「助かったぜ、夏木さん」

と、言った。

「お前もそろそろ、すぐに刀を抜くのはやめたほうがいいぞ」

「そうしたいのは山々なんだが、もういっぺんくらいは斬り合いをしなきゃならねえかもしれねえよ」

「なぜだ」

「以前、お千佳《ちか》の件で黒旗を脅しただろう。どうも剣捌《さば》きでおいらだと悟られたみたいだ」

「なんと」

「しかも、嵐の晩に夏木さんを襲ったやつまで、おいらに気がついたみたいだ」

「なんと」

「これじゃあ、このままおとなしく収まらねえだろうよ」

藤村は、うんざりしたように言った。

六

「加代さまは？」

早春工房に、箱崎の七福堂からおさとがやって来た。赤ん坊の耳次を背負いながら、急ぎ足で来たらしく、額は汗びっしょりになっている。

呼ばれて二階から降りてきた加代が、

「どうしたの？」

「あの薬、まだあります？」

「どっち？」

「女安気丸」

「ちょっと待ってね」

加代は後ろの棚などを探して、

「あと百袋ほどあるかな」

と、言った。

「それじゃ、足りないです」

「え？　だって二百袋置いてきたわよ」

苦心の品で、もちろん売れるのを期待したが、商売はそうそう甘くない。徐々に伸びてくれて、半年くらいで人気商品になればたいしたものと見込んでいた。

「もう、あと三十くらいしかないです」

「そんなに売れてるの？」

「今日じゅうには無くなってしまいますよ」

このやりとりに志乃が、

「女の心を摑《つか》んだのよ、加代さん。女たちも、今度の地震で、肌だけでなく、心も荒れていたのよ。心が安らぐ薬を、ほんとに欲してたのね」

「それと、虎山先生の推薦文もよかったんですよ」

「そうね。イライラは万病の元。それを和らげてくれるというなら、誰だって飲むわよ」

「同じ文句を湯屋の引き札にも書いておきましたからね」

「とにかく、まだまだいけるわよ」

と、志乃は拳《こぶし》をぐいっと握って言った。

「それと、通四丁目の甲州屋のあるじという人が来られて」

おさとが言った。

「あるじ？」

加代は訊《き》き返した。この前のは、番頭だった。

「ええ。あるじの平右衛門《へいえもん》と名乗りましたが」

「ご用は？」

「店主さまがおられるときに、また伺いますがと言ってましたが、なんでも女美宝丸と、女安気丸を、甲州屋に置かせていただきたいんですって。店頭に置いて、できれば幟《のぼり》も立てさせてもらいたいとも言ってましたよ」

「あら、まあ」

と、加代は志乃を見た。

「この前の脅しが利いたのね」

「どうします？」

「置かせてもらいましょうよ。あそこの店頭に置いてもらったら、どれだけ売れるかわかりませんよ」

「ほんと」

「あ、それよりも、甲州屋には、数を制限しましょう。甲州屋で売り切れとなれば、七福堂のほうに足を運んでくれるわよ」

「まあ、志乃さま。いつからそんなに商いが上手になられたんですか？」

「ほんと。不思議よね」

「さあ、大至急、増産しなきゃ」

加代は、たすきをかけて、薬研《やげん》に向かった。

急いで増産した女美宝丸と女安気丸が、山のように積まれたあいだから、

「さっき、おちさから聞いたんですがね」

と、仁左衛門が顔を出した。

その後ろには、夏木と藤村もいる。

「たいそうな繁盛だと伺ったのですが」

「あら、いらっしゃい。ちょうどいいところに、さ、早くこれらを薬研で粉にしてください」

「え、あっしらが？」

「あなたたちじゃなくて、ほかに誰が？」

と、志乃が訊いた。

「あ、いや、別に」

「だったら、早くして。ほら、お前さまも袋詰めのほうを」

「袋詰め？」

夏木は、生まれて初めてすることに、おろおろした。

七

数日して――。

仁左衛門は、初秋亭から家にもどろうというとき、永代橋の手前で、かつての商売仲間である入船屋《いりふねや》長右衛門《ちょうえもん》とばったり出くわした。

「おや、入船屋さん。無事だったかい？」

「なんとか命だけは助かったよ。店は流されて、跡形も無くなっちまったがね」

「ああ、あっしも見たよ。あのへんはずいぶんやられたねえ」

入船屋は、門前仲町にあって、富ケ岡八幡宮や永代寺への参詣客《さんけい》でずいぶん繁盛していたのだ。越中島の砂洲《さす》で見つかった小判が、この入船屋から出たものだったとしても、おかしくはない。

「ひどいもんだよ。建て直すにしても、どこからどこまでがうちの土地だったか、それを明らかにするので一苦労だよ。今日でどうにか確定できたがね」

「じゃあ、建て直せるのかい？」

「なんとかね」

「そりゃあ、よかった。まったく、つらい話ばっかりで、生き残ったことが申し訳ないと思ったりするんだよ」

「でも、霊験《れいげん》あらたかな話もあるからね」

「そんな話あるのかい？」

立ち話だったが、つい訊いてしまった。

「ほら、そこの〈みほとけ屋〉だよ」

「ああ」

仏具を扱う、深川きっての大店《おおだな》で、しかも永代橋のすぐわきにあるから、橋を渡って来る者なら、金文字で書かれた看板がどうしても目に入ってしまう。

大店であり、老舗《しにせ》でもある。

いまの当主は、七代目か八代目ではないか。

「そのみほとけ屋で、若女将《おかみ》が地震のさなかに赤ん坊を産んだんだよ」

「地震のさなかに？　でも、みほとけ屋は地震でぺしゃんこにつぶれたうえに、火事で焼けてしまっただろうよ」

と、仁左衛門は言った。

「そうなんだよ。あれだけ頑丈そうな建物がつぶれたので、おれも驚いたよ。だが、何度も改装して、三階を載せたりして、一階に重みがかかっていたらしいな」

「なるほどな」

「それで、揺れる最中《さなか》に産んだ赤ん坊を、産婆は抱き上げ、崩れてくる家からどうにか這《は》い出したんだそうだ」

「そのあとの津波や火事は？」

「産婆は津波でさらわれたらしい」

「じゃあ、赤ん坊だって助からないだろう」

「ところが、そこに現われたのが、みほとけ屋の若女将とは、とかく噂のあった若い男だった」

「そんな噂があったのかい？」

「あったんだよ。だいたいが、いまのみほとけ屋てえのは、先代のときに乗っ取られたようなものだったからね」

「乗っ取られた？」

「そうらしいよ。おれも詳しくは知らないが、先代のあるじのとき、深川の東燦寺《とうさんじ》で大きな仏像をこしらえるという話があり、仏具屋のみほとけ屋が請け負うことになったんだ」

「へえ」

「この話を持って来たのが、当代の、まあ地震でおっ死《ち》んだんだけど、そのあるじだったのさ。ところが、完成間近になって、金箔《きんぱく》が足りなくなった。それで納期に間に合わない。代わりに莫大《ばくだい》な賠償金が請求され、結局、あいだに入った当代が、このみほとけ屋を受け継いでしまったというわけさ」

「詐欺かい？」

「でも、やり口が巧妙で、訴訟沙汰《ざた》にもできなかった。ところが、乗っ取った当代の倅《せがれ》、これがどうしようもないやつだったんだけど、追い出した先代の末娘のおみねに惚《ほ》れちまって、なんとしても嫁にもらいたいとなったわけさ」

「なんてこった」

「当代も、多少の後ろめたさはあったのかもしれねえ。先代の娘なら家に入れてもいいだろうってことで、いろいろ手を回し、金も使い、おみねを家に入れたわけさ。おみねには、すでに言い交わした男がいたというのにな」

「それが噂の男なの？」

「そういうこと。おみねは、嫌々だが、嫁に来た。来たはいいが、身体の具合がよくないと、ずっと部屋に閉じ籠《こ》もったままだった。ところが、このおみねに子どもができた」

「閉じ籠もっていたのに？」

「そう。それで、臨月がきて、あの地震というわけ。結局、赤ん坊は駆けつけた若い男が助けたが、この男がやはりどうにか逃げのびた番頭に赤ん坊を手渡したあと、津波に吞《の》まれて亡くなっちまった」

「なんだよ。赤ん坊の周囲の者は皆、死んじまったのかい」

だが、今度の地震では、似たような話はいくらもあったはずである。

それだけでは、霊験あらたかな話とまでは言えないのではないか。

「それで、ようやく地震から三ヵ月ほど過ぎたよな」

と、入船屋は言った。

「ああ。なんだか、あっという間だよ」

仁左衛門も、地震のことを振り返れば、あれは夢だったみたいにも思えるし、しかし、それからのことはあっという間に過ぎた気もしている。なにか、時の感覚みたいなものが、おかしくなってしまったのだろうか。

「すると、生まれた赤ん坊の目鼻立ちも、整ってきたわけさ」

「三ヵ月経てばな」

「不思議なことに、赤ん坊はその助けてくれた若い男にそっくりになってきたのさ」

「え？」

「しかも、みほとけ屋は、あるじの家族は皆、亡くなったが、幸い、番頭や手代の多くは助かっていたんだ」

「そりゃあ、よかったな」

「それで、店を建て直そうとしている番頭たちは、その赤ん坊を新しいあるじにしようと頑張っているというのさ」

入船屋は、自分のところの苦労も忘れたみたいに、すっかり感動した面持ちで言った。

八

「ということはだぞ、おみねは密会してたってことか?」

藤村が驚いたように訊《き》いた。

仁左衛門は初秋亭にもどると、寝そべっていた夏木と藤村に、入船屋から聞いた話を伝えたのだった。早春工房の手伝いをさせられて、薬の袋詰めという細かい仕事に疲れ切っていた二人も、これには耳を傾けた。

「だろうね」

「だが、おみねは閉じ籠もっていたんだろう?」

「ただ、おみねが嫁入りする条件に、敷地の一部を削って、そこに地蔵堂をつくってくれと頼んだんだとさ」

「地蔵堂？」

「ちいさな祠《ほこら》なんだけどね」

「信心にすがりたくもなるわな」

と、藤村が同情したように言った。

そのとき、夏木がパシッと手を叩《たた》き、

「あっ」

と、大声を上げた。

「わかったかい、夏木さま」

夏木は、晴れ上がった空を眺め回すような顔をして、

「これは、あの話か？」

「そうだよ」

と、仁左衛門は嬉《うれ》しそうに笑った。

「なんだ、あの話のつづきだったのか」

夏木も嬉しそうである。

すると藤村は、

「なんだよ、あの話って？」

と、取り残されたみたいな顔で訊いた。

「わからないのか、藤村」

「わからねえよ」

「まあ、三人のなかでは、藤村がいちばんカタブツなのかな」

「おい、それはねえよ、夏木さん」

「いいか、地蔵堂と隣り合わせにあるみほとけ屋のあいだには、たぶん塀くらいはあるだろう。密会するのに、いちいちその塀を乗り越えるか？」

「そんなことしてたら、誰かに見つかっちまうわな」

「だろう。だったら、どうする？」

「抜け穴でも掘るか？」

「深川の地盤はやわいぞ」

「だったら鉄の輪っかでも……あ、これはあれか」

ようやく藤村もぴんときた。

「そうだよ。捨ててあった鉄の胴丸の元は、たぶん、おみねと男の逢瀬《おうせ》の道だったんだよ」

と、仁左衛門が言った。

「なるほどな」

藤村もうなずいた。

「ところが、あの地震と津波で、鉄の輪が剝《む》き出しになった。このまま捨てると、いろいろ詮索《せんさく》されるかもしれない。それで鉄の輪を縦に切り、横に切りして、どうにか胴丸らしくしたうえで、あそこに捨てたってわけさ」

「ということは、店の者も協力しているわな」

「そうだろうね」

番頭たちも、新たに入ってきた当代の親子を、苦々しく思っていたのだろう。

「それは、入船屋も知っていたのか？」

と、夏木が訊いた。

「いや、入船屋さんは、なにも知らないよ。赤ん坊には、男の魂でも乗り移ったのかと思っているみたいだった」

「それではほんとの霊験だな」

と、夏木は笑った。

「でも、これはあっしらの妄想かもしれない。なんにも証拠はないからね」

仁左衛門は肩をすくめた。

「確かめようではないか」

夏木が言った。

「確かめるの？」

「確かめずにいられるか。こんないい話を」

「どうやって？」

藤村が訊いた。

「生き残った番頭にでも訊けばいい」

「言うかね？」

「ものは訊きようだろうが」

ということで、三人は永代橋のたもとに向かった。


三人が、かつてみほとけ屋があった場所に来ると、初老の男が手代らしき男たちを指図しながら、杭《くい》を打つ場所を確認しているところだった。

その作業が落ち着いたのを見計らって、

「みほとけ屋の番頭さんだな？」

と、夏木は声をかけた。

藤村と仁左衛門は、少し離れて、二人の話に耳を傾けた。

「さようで」

「あの大店《おおだな》がこんなにきれいに無くなるとは驚いたな」

「あたしも信じられなかったです」

「あるじたちも亡くなったそうだな」

「そうなんです」

「だが、跡取りになるはずの赤ん坊が生き残ったって聞いたよ」

「おかげさまで」

「しかも、本来の血筋にもどったみたいだ」

「本来の？」

「おみねさんの赤ん坊だもの、本来の血筋だろうが」

「まあ、そうなのですが」

と、番頭は夏木を怪訝《けげん》そうに見た。

「わしは、あっちに捨てられていた胴丸を見たんだよ」

「…………」

「妙なものが落ちているなと思った。だが、そのときはそれで胴丸のことは忘れてしまった。ところが、そのあと、みほとけ屋で起きた霊験あらたかな話を聞いた。地震の最中におみねさんが産んだ赤ん坊が危ういところで、突如現われた若い男に助けられ、番頭さんの手に渡された」

「そうなのです」

「その赤ん坊は、助けた若い男に顔が似てきた」

「………」

「わしは、逢瀬の輪が要っただろうと思ったのさ」

「………」

「すると、捨てられた胴丸が浮かんだというわけなのだ」

「それは、噂になっているのですか？」

　と、番頭は不安げに訊《き》いた。

「いや、まったく噂になどなっておらぬ。これは、わしの勝手な妄想なのだ」

「そうなので」

「だが、ああいうものが土のなかから出てきたら、まずいよな。それで、輪を切って半分にし、さらに二つに分けて折り曲げた。そしたら、剣術の胴丸みたいになった。それで、そっと捨てれば、土中の鉄の輪、すなわち逢瀬の秘密も保たれる」

「…………」

「わしは誰にも言わぬよ。武士の約束だ。ただ、妄想が当たったかどうか、知りたいだけなのだ。そしたら、わしもこの話は忘れることにする。どうだい？」

番頭はしばし考え、夏木の顔を見て、

「お見事です」

と、小さな声で言った。

「…………」

夏木は黙ってうなずき、話を切り上げることにした。

九

「あれは夏木さんの人徳だよな」

歩きながら藤村は言った。

「そうかね」

「番頭も話をしているうちに、夏木さんを信頼し、うなずいたんだ。おいらだったたら、ああうまくは訊き出せねえよ」

「あっしも感心したね。やっぱり夏木さまは、たいしたもんだよ」

と、仁左衛門も褒めた。

「おいおい、あんまりおだてるな。わしは調子に乗りやすいタチなのだから」

笑いながら熊井町のほうにやって来ると、

「あれ？」

三人の足が止まった。

以前、置いてあって、やくざが持ち去ったはずの胴丸が、また置いてあるではないか。

「また出たのか？　別のやつか？」

夏木がうんざりした顔で言った。

五つほど並んでいる。

「最初に見たのは、四、五十ほどあったがな」

そう言っていると、向こうから胴丸を三つほど抱えた男がやって来た。見るからに、堅気《かたぎ》ではない。

「ごめんなすってえ」

そう言って、男は胴丸をすでに置いてあった胴丸のわきに投げ捨てた。置いたのではなく、いかにも投げ捨てたというふうである。ガチャガチャと、うるさい音がした。

「おい」

と、藤村が声をかけた。

「へえ？」

「これは前にここへ捨ててあったものか？」

「そうです」

「要らねえのか？」

「ええ。こんなものを持ってると、化け物を呼び寄せるかもしれねえんでね」

「化け物？」

あれだけの災害のあとなら、化け物の数匹くらい出てきても、不思議はないかもしれない。

もっと訊こうと思ったが、男は逃げるようにいなくなってしまった。

「なんだ、あいつ？」

藤村は首をかしげた。

「おい、あっちからまた来たよ」

仁左衛門が永代橋のほうを見て言った。

「あいつは、熊蔵のところの若い者だな」

藤村は見覚えがある。

若い者は四つほど運んできた胴丸を、やはり捨てるように放った。

「おい、なんだって捨てるんだ？　喧嘩《けんか》のときは、役に立つんじゃねえのか？」

藤村が訊いた。

「とんでもねえ。こんなのを使っていると、変に強気になって、逆に命を失いかねませんよ」

「ずいぶん殊勝なことを言うじゃねえか」

「見たやつがいるんですよ」

若い者は藤村に肩を寄せ、小声で言った。

「見たやつ？」

「どうもここらに鮫蔵親分がいるみたいなんですよ」

と、若い男は幽霊でも見たかのように青ざめて言うのだった。

第四話　三方の道

一

隣の番屋から町役人の清兵衛《せいべえ》が来て、深川の治安がこのところ急によくなっていることについて、初秋亭の三人と話しているところに、

「ご免ください」

と、若い僧侶《そうりょ》が訪ねて来た。

「お布施《ふせ》かい？」

仁左衛門が訊《き》いた。

「そうじゃないんです」

「うちじゃ誰も亡くなってないよ」

「いいえ、じつはわたし、一の鳥居のほうに行ったところにある超弦寺《ちょうげんじ》の住職をしております玄章《げんしょう》と申しますが、檀家《だんか》の方からこちらの初秋亭の噂を聞きまして、ぜ

ひ、ご相談させていただきたいのですが」

「お坊さまが、なんでしょうか？」

仁左衛門が正座をして、改めて向き合った。初秋亭ではいろんな人たちの相談にのってきたが、僧侶の相談というのは初めてではないか。そもそも僧侶は、相談される側の人だろう。

「じつは、檀家の方たちが、うちの寺の境内にある竹林で、なにやら不気味な唄声《うたごえ》が聞こえるというのです。そう言われてからわたしも確かめてみますと、なるほど本当に唄らしき音がしています。わたしは幽霊などは別段怖くもありませんから、境内をよくよく見て回ったのですが、誰かが隠れているようなことはありません。いまのところ、幽霊の姿も見えません。ただ、檀家の方たちのあいだで噂になってしまい、この寺になにかの祟《たた》りでもあるのかなどと言う者まで出てくる始末でして」

「なるほど」

と、仁左衛門はうなずいたが、だいたいお寺などというところは、怪談話には事欠かないものだろう。そんなことをいちいち気にしたら、やっていけないのではないか。

「なにせ、この前の災害以来、人の気持ちが敏感になっているようでして」

「それはそうです」

「宗派を変えたいと言ってきている方もいまして」

「それはそれは」

「うちの寺は、もともと信者の少ない宗派でして、これ以上、信者が減ってしまったら、廃寺ということにもなりかねません。そこへ、初秋亭の方々は、難問を解決してくださるという話を聞きまして、なにゆえに妙な唄が聞こえるのか、訳を調べていただけないものかと」

この話を聞き、

「信者の少ない宗派というとどちらの宗派かな？」

と、夏木が訊《たず》ねた。

「うちは三蔵法師玄奘《さんぞうほうしげんじょう》さまの教えを守っておりまして」

「なんだ、法相宗《ほっそうしゅう》ではないか。わが家も同じだよ」

「そうでしたか」

「うちの菩提寺《ぼだいじ》は本所にあるが、深川にもあったのだな」

「ええ」

「それはなにかの縁。解決できるかどうか、確約はできぬが、とりあえず、その唄声というのを聞きに行ってみようかな」

「ありがとうございます。ただ、いつ来ても聞こえるというわけではないのです」

「いつ行けばいい？」

「暗くなったころから鳴り始めます」

「なるほど。では、夕方から行って、夜になるのを待ってみるよ」

「では、のちほど」

超弦寺の玄章がほっとしたように帰って行くと、

「超弦寺というのは凄《すご》い寺ですよ」

と、町役人の清兵衛は、笑いをこらえるような顔で言った。

「なにが凄い？　だいたい超弦寺なんて寺があったかな？」

夏木が訊いた。

「あるんですが、あまりに荒れ果てていて、通りから見ても、竹藪《たけやぶ》に囲まれ、寺とわからないんです。ここらの連中は、日本三大荒れ寺の一つだなんて言ってるほどでしてね」

「そういえば、一の鳥居のこっちに、汚らしい竹藪があったな」

と、藤村が言った。

「そこです、そこです。ただ、竹が根を張っていたり、周囲を囲んでいたりするので、今度の地震や津波でも、ほとんど被害はなかったみたいです。もっとも、あの寺は、被害があろうがなかろうが、たいして違いはないのでしょうけど」

「そんなに悪く言わなくてもいいだろうが」

と、夏木は苦笑した。

「夏木さん、法相宗というのは、どんなお経を拝むんだい？」

藤村が珍しいものでも覗《のぞ》くような顔で訊いた。

「基本は般若心経《はんにゃしんぎょう》だよ」

「なんだ。じゃあ、うちといっしょだ」

「ただ、法相宗では唯識《ゆいしき》という考え方を熱心に言っておってな。これがまた難解な教えで、わかったと思った瞬間にわからなくなるのだ」

夏木が真面目な顔で言った。

「禅の判じ物みたいなやつかい？」

「それとは違うがな。要は、空《くう》なんだよ」

「空？」

「そう。色即是空《しきそくぜくう》、空即是色」

「色っぽい教えなのか」

「まったく色っぽくない」

夏木と藤村の話に、

「その教えなんですがね、先代の住職が、三蔵法師の教えに加えて、『西遊記《さいゆうき》』という話をお経みたいに教え始めましてね。あげくには、信者は皆、猿になれと言い出したんだそうです」

と、清兵衛が割って入った。

「猿になれだと？」

夏木は呆《あき》れた顔で訊いた。

「西遊記って話では、猿が三蔵法師に仕えるんでしょ」

「孫悟空《そんごくう》という猿がな」

「どうも、それに倣ったみたいですよ」

「それはまた、無茶苦茶な話だな」

「それで、誰が猿になんかなるもんかと怒った人もずいぶんいて、それもあってごっそり檀家を減らしたみたいなんです」

「弱ったものだな」

「いまの、あの住職は、地震の少し前に来たばかりなんですが、そういう突飛なことは言わないみたいです。ただ、なにせあの荒れ寺ですのでね、かわいそうではあるんですよ」

「わかった。では、できるだけのことはしてやろうではないか」

夏木がそう言うと、

「じゃあ、おいらも宗派が違うけど」

藤村が言い、

「あっしも違うけど、お手伝いを」

仁左衛門も言って、三人は夕刻を待ち、日本三大荒れ寺の一つへと向かった。

二

「これは……」

参道のところに来て、三人は絶句した。

聞きしにまさる荒れ寺だった。狭い参道の両脇に竹が生い茂り、それが倒れて道をふさいだりしているので、何度もかがんだりしながら進まないといけない。しかも、あちこちにゴミが落ちていて、荒れているだけでなく、汚らしい感じもする。この先に寺があるとはとても思えない。せいぜいタヌキの巣ぐらいではないか。

「あとでちっと伐採してやったほうがよいな」

と、夏木が言った。

「じゃあ藤村さんに、スパッとやってもらおうよ」

「馬鹿言え。藁束《わらたば》斬るのも大変なんだ。生えてる竹なんざ、そんなにかんたんに斬れるか。これはノコギリを持って来なきゃ無理だぞ」

「そうなんだ」

「仁左。これはなんという竹だ？」

と、夏木がそばの竹に触れながら訊《き》いた。

「いちばんふつうにある真竹《まだけ》ってやつだよ」

「寺なんかでは、太いやつも、よく見かけるがな」

「あれは孟宗竹《もうそうちく》っていうやつだよ。あれのタケノコはうまいけど、こっちのタケノコは苦味があるんで、誰も取らない。それで、ますます増えて、こういうことになっちまうんだ」

「だが、物干し竿《ざお》はこっちだろう」

「物干し竿なんざ、一生物だからね。あんなんじゃ、竹林を整えるのには、間に合わないよ」

「幹の色も孟宗竹のほうが、青々としてきれいだしな」

「そうだね」

「ここも孟宗竹にすればよかったのにな」

夏木は、いまさら言ってもしょうがないことを言った。

竹林に差し込んでいた夕陽は、西に沈み、闇が訪れた。上は竹の葉で覆われ、たとえ月があっても見ることはできない。もちろん、あたりは真っ暗である。

参道が終わると、境内が広がるが、ここも一面竹林になっている。本堂はどこかと目を凝らすと、正面向こうに、うっすらと火が灯《とも》った建物が見える。あれが本堂らしい。

「あ？」

仁左衛門が、手を耳に当てた。

「どうした、仁左？」

夏木が訊いた。

「聞こえるよ、唄《うた》が」

と、耳に手を当てたまま、上を向いた。

空は竹の葉でほとんど遮られているが、風で揺れているのはわかる。

その上のほうから、かすかな音が降ってきていた。

「虫ではないな？」

「虫はもう鳴いてないよ」

「笛の音《ね》だな」

「でも、かなり下手な笛だぜ」

藤村は苦笑して言った。

「下手でも夜聞く笛の音は風流だ。そうだ。句でもひねるか、久しぶりに」

「いいね」

「そんなことしてる場合かい？」

と、仁左衛門が呆れたように言った。

「いいのだ。楽しみながらやるのが、初秋亭の仕事なんだから」

そう言って夏木は少し考え、

「公達《きんだち》の笛の音を聞く荒れ寺で」

藤村がそれにつづけて、

「竹林は笛より鼓の音が似合う」

と、詠んだ。

「出来はともかく、五七五にするほうがつくれるな」

「そりゃそうだよ」

だが、仁左衛門はなにも言わない。かつて、「一歩あるくごとに一句できる」と豪語した男が、おかしいではないか。

「どうした、仁左？」

「じつは、季語もなく五七五でなくてもいいとなったら、なにも浮かばなくなったんだよ」

「それはいかんな」

「そのかわり、長い話が頭に浮かぶんだ」

「長い話？」

「戯作《げさく》だよ。じつはいま、戯作を書き出していてね。でき上がったら、夏木さまや藤村さんに読んでもらうよ」

「それは楽しみだ」

夏木がそう言ったとき、本堂のほうから提灯《ちょうちん》の明かりが近づいて来た。住職の玄章だろう。自分のところの庭でも、生い茂った竹林のあいだを歩くのは容易ではないらしく、なかなか近づいて来られない。

「どうです、なにか聞こえますか？」

玄章が、提灯をこちらに向けて訊いた。

「ああ。確かに聞こえるな」

夏木が答えた。

「あれはなんですかね」

「唄ではないぞ。笛の音だ」

「わたしもそう思ったのですが、こんなところで笛を吹く者がいますかね？」

「平家《へいけ》の公達の幽霊か、狐狸妖怪《こりようかい》か」

「やはりそっちですか？」

幽霊は怖くないと言っていたのに、玄章の声が震えた。

「冗談だよ。だが、このあたりがいちばん聞こえるのだ。ここらは境内のなかだと、だいぶ端のほうだな？」

「そうです」

「そっちは、なんだった？」

夏木は、竹林が途切れるあたりを指差して訊いた。

「以前は、わりと大きな料亭がありました。〈すみだ〉という名だったと思います。地震で潰《つぶ》れたあと、火が出て、火は津波で消えましたが、跡形も無くなりました」

「生き残った者は？」

「わたしは聞いておりません」

「そうか」

夏木がどうしようというように、藤村と仁左衛門を見た。

「たぶん、なにか仕掛けがあるんだ。でも、仕掛けがあるにしても、こう暗くては確かめられないよ。明日《あした》また出直したほうがいいんじゃないの」

仁左衛門の意見に皆が賛成し、ここらの竹に手ぬぐいを巻きつけて目印にしてから、出直すことにした。

三

翌日――。
三人が初秋亭に揃ったところで、また超弦寺の竹林にやって来た。

いい天気で、竹林のなかにも陽が差し込んでいる。だが、明るいところで見ると、やはりこの竹林の荒れ具合は、凄《すさ》まじいものである。

今日は、竹林の向こうの本堂や、住職の住まいも見えている。こちらは思ったほどひどくはなく、竹林さえどうにかすれば、意外にわびさびでも感じさせるくらいの、つつましい寺になるのではないか。

手ぬぐいを目印にした、昨夜の場所に来ると、

「そういえば、初秋亭を使い始めたばかりのころ、あの家は唄うとか言われたよね」

と、仁左衛門は言った。

「言われたな」

夏木はうなずいた。

「あれは、柱とか雨どいに使われていた竹の幹に穴が開けられていて、風が吹くと、笛のようになって音を立てていたんだ」

「そうだったな」

「前の持ち主が風流な人で、ほうぼうに猫の通り穴が開いていたり、柱が唄う仕掛けがしてあったり」

「壁の色が変わっているのにも驚いたっけな」

三人に、懐かしさがこみ上げてくる。

あのころは、ずいぶん変わった家だと思ったが、いまはあそこよりいいところはないような気になっている。

「初秋亭も前ほどは唄《うた》ってないみたいだぜ」

と、藤村は言った。

「だって、あっしが家の補強のため、新しい竹と換えたりしたんだもの」

「そうか」

「風流じゃなくなったとは言わせないよ。そのおかげで、初秋亭は地震でもびくともしなかったんだから」

「まったくだ」

「では、この寺の竹も、あれと同じなのではないか？」

と、夏木が上を見て言った。

「竹の幹に穴を開けて？」

「風が吹けば、鳴るのだろうよ。昼間は鳴らないが、夜になると鳴るというのも、風向きが変わるからだよ」

「そうか」

深川一帯は海風が吹く。海風は昼のあいだに吹いて夕凪《ゆうなぎ》になり、夜になると陸から海に向かって風が吹くのだ。

「それで、いくつか違う音が出るものをつくっておけば、なにやらピイヒャララと、唄に聞こえるってわけだな」

「それだよ、夏木さん」

「仁左、竹というのは、どれくらいの速さで伸びるのだ？」

「早いよ。タケノコから竹になるときなんざ、一日で一尺ほど伸びたりするからね」

「そんなに早いのか。じゃあ、最初はずいぶん低いほうで鳴いていたのが、いまはずうっと上になっちまったんだ」

「いや、真んなかも伸びるけど、先っぽのほうから伸びるから、そんなに上のほうまでは行ってないと思うよ」

「下であぁだこうだ言っているより、上って見てきたらどうだ？」

と、夏木が言った。

「それがいいな、仁左」

藤村が仁左衛門を見た。

「また、そういうふうにかんたんに言うけど、竹なんかこんなにふにゃふにゃしてるんだ。クスノキだの、イチョウだのに上るのと訳が違うよ」

「嘘つけ。おいらは覚えてるぞ。七夕の飾りをつくるのに、お前、一本十文で引き受けて、霊雲院《れいうんいん》の境内にあった竹林に上っていただろうが」

「また、よく覚えてるねえ」

「今度も一本十文でどうだ？」

「馬鹿言ってんじゃないよ、藤村さん。わかった。上ればいいんだろ」

仁左衛門は耳を澄まし、

「この竹あたりかな」

と、当たりをつけて上り出した。

両手両足を使って、器用に上って行く。多少揺れても、密集しているので、隣の竹を摑《つか》んだり、足で押さえたりできるので、ぐにゃりと曲がることもないらしい。

「ここらだな。あ、やっぱりあったよ」

ずうっと上のほうではない。二間ほど上あたりに穴が開けられていたらしい。

「よし。これくらいなら伐り倒せるから、伐ってしまおう。仁左、ほかにもあるか、見てくれ」

こんなこともあろうかと、夏木はナタを持ってきていた。

なかが空洞なので、竹を伐り倒すのは、そう大変ではない。三度ほどナタを振るっただけで、竹はざーっと音を立てて倒れた。

「あ、そっちにもあるね」

「これか？」

「そうそう」

夏木がすぐにナタを振るおうとしたので、

「夏木さま。上っている竹を伐らないでよ。ちょっと待っとくれ。いま、隣に移るから」

そうやって仁左衛門は竹林の上を見て回り、穴が開けられた竹を五本ほど見つけたが、

「ちょっと、待った」

「どうした？」

「薄気味悪いのも見つけた。幹を三角に切ったなかに、釘《くぎ》を打った小さな藁人形《わらにんぎょう》が入ってるんだよ」

「呪ったんだろうが」

「じゃあ、それも伐ってしまえばいい」

夏木と藤村が交互にナタを振るって、結局、竹を六本ほど伐り倒した。

そこへ、本堂のほうから住職がやって来た。

「おや、もう、いらしてたのですか？」

「唄の正体はわかったぞ」

と、夏木が言った。

「もうですか？」

「以前、似たようなことがあったのでな」

「そうなので」

「ほら、こんなふうに穴を開けたので、風が吹くと、笛のように音を鳴らしていたのさ。穴の開け方が違うので、いっしょに鳴ると、唄のように聞こえたのだろうな」

横倒しになった竹の真んなかあたりを指差して言った。

「ははあ」

「ただ、こういうのは、出そうと思えば、もうちっと陽気な唄にできると思うのさ。それをわざわざ不気味な唄に聞こえるようにしたというのは……」

「悪意を感じますね」

「ああ。笛の仕掛けのほかに、こんな藁人形もあったからな」

「丑《うし》の刻参りですね」

「うむ。誰かを呪ったのだろう。この周辺で、そうした怨念《おんねん》が渦巻いていて、竹の唄もその一環だったのかもしれぬ」

「怖いですね」

「それで気になるのは、誰がこんなことをしたのかだ」

「ええ」

「前の住職が誰かの恨みを買っていたとかは？」

「いやあ、多少、突飛な説経をなさるとは聞きましたが、呆《あき》れられこそすれ、恨まれるということはなかったと思います」

「なんで、あんたに替わったのだ？」

「身体を悪くしていたのです。結局、京《きょう》にもどったのですが、近ごろ、亡くなられたと聞きました」

「ふうむ」

腕組みした夏木に代わって、

「おいらは、そっちが気になるんだがね」

と、藤村はかつて料亭があったところを指差した。

四

三人は、超弦寺の境内の竹林を出て、かつて料亭すみだがあったあたりにやって来た。玄章は料亭など利用するゆとりもないので、一度も来たことがなかったらしい。

道を挟んだ向かいに、新しい菓子屋ができている。

そこへ顔を出し、

「あんたんとこは、地震の前からの店かい？」

と、藤村がおやじに訊《き》いた。

「そうですよ。地震のあと、焼けてしまって、三日前にようやく再開したんです」

「そりゃあ、めでたい。じゃあ、大福餅《だいふくもち》を三つ、もらおうかな」

三人分を買って、それを食べながら、

「向かいは、すみだという料亭だったんだよな？」

藤村はさらに訊いた。

「そうですよ。若女将《わかおかみ》と、養子にきた旦那《だんな》とでやっていたんですが、どちらも亡くなったみたいですね」

「どうなんでしょう。でも、店がこれですからね。たとえ生きていても、店がこれではもう戻っちゃ来ないでしょう」

「ここは流行《はや》っていたのかい？」

「さあ。料亭ってのは、流行ってるのかないのか、外からだとわからないものでしてね」

「そうかもな」

「でも、若女将はときどきうちの饅頭《まんじゅう》を買ってくれていて、その人が今年の春ごろでしたか、うちはやくざに目をつけられて困ってるんだって」

「やくざに？　永代の岩五郎か？」

「そりゃあ、ここらは岩五郎親分の縄張りですからね」

「ほかにはなんと？」

「いえいえ、それだけです。あんまり突っ込んで聞いて、変に関わり合うとまずいんでね」

菓子屋のおやじは、肩をすくめ、店のなかへ入って行った。

おやじを見送って、藤村が、

「これでだいたいの想像はついたな」

と、言った。

「やっぱり、やくざがらみなんだね」

仁左衛門も、さもあらんというようにつぶやいた。

「そりゃそうだ。永代の岩五郎ってのは、わりと評判のいいやくざだったが、しょせんはやくざだ。すみだからみかじめ料を取ろうとしたが、言うことを聞かなかったんだろう」

「若いだけに、向こう意気も強かったのかもね」

「たぶんな。それで、竹の仕掛けや、藁人形で脅して、客を減らそうとしたんじゃねえかな。店をつぶしちまえば、そこでやくざの新たな出番もつくれるだろうし」

「そこらあたりだと、あっしも思うよ」

「じゃあ、超弦寺の住職にもそう言ってくるか。音の正体はわかったし、もう夜になって鳴ることもねえ。竹林の整理は、改めて相談にのってやってもいいしな」

超弦寺のほうに戻ろうとした藤村に、

「ちょっと待て、藤村」

と、夏木が止めた。

「どうしたい、夏木さん？」

「わしは、竹の唄《うた》の仕掛けだの、藁人形だの、やくざにしては、ずいぶん可愛い脅し方をするものだと思ったのさ」

「もちろん力ずくの脅しも加えたうえのことだよ」

「ふうむ。料亭は消え、あるじも若女将も亡くなり、しかも永代の岩五郎も死んだのだから、もう確かめようもないのか」

「なんか物足りなそうだね、夏木さん」

「うん。なにか引っかかっているんだ」

「もうちょっと突っ込んでみるかい？」

「そうだな。もしかしたら、この寺のためにもなるかもしれぬし。わしは、わからないなりに、唯識という考え方には、ずっと興味があってな」

「色即是空、空即是色がね」

藤村が斜に構えた笑みを浮かべると、

「色っぽく思えたことも、しょせんは空なのかい」

仁左衛門は、ふと不安げな顔になって言った。

五

「お前さま！　そんな、木刀など使ったら、康四郎が怪我をするじゃありませんか！」

翌朝のことである。

加代が縁側から庭を見て、明らかに怒った声で言った。

藤村が、今日は康四郎がひさびさの非番だというので、飯のあと、剣術の稽古《けいこ》の相手をしてくれと頼んだのだ。

「大丈夫です、母上。ちゃんと腕も胴も防具を巻いてますから」

康四郎は笑って言った。

「でも、お父上は加減を知りませんよ」

藤村は、加代の言葉は無視して、

「とあっ」

気合とともに、大きく踏み込み、康四郎の小手《こて》を狙った。

だが、康四郎はわずかな動きだけで、これを受けた。

さらに前進しようとした藤村だが、康四郎はすでに横へ動いている。

「うっ」

藤村の動きより、康四郎のほうが早いのだ。

咄嗟《とっさ》に後ろに下がって、正眼《せいがん》に構え直した。康四郎からはかかってこないとわかっているのに、押し負けていた。

木刀の切っ先を小さく震わせる。北辰一刀流《ほくしんいっとうりゅう》。かつては、八丁堀《はっちょうぼり》の同心のなかでも屈指の腕と言われたこともあったのだ。

「てやっ」

もう一度踏み込んで、小手を狙うと見せかけながら、横をすり抜けて胴を打つ——はずが、康四郎の木刀が先に、藤村の胴に当てられていた。もちろん勢いは止めているが、それでもずしりと、腹に響いた。

「なんと」

康四郎が腕を上げているのに驚いた。というより、自分が衰えたのだ。初秋の剣どころか、いまや晩秋の剣、いや初冬の剣まで落ちてしまったのだ。これで、江戸天誅組のあの男と斬り合って、勝てるかどうか。冷や汗が滲《にじ》む思いである。

「これまでにしよう」

藤村がそう言うと、康四郎は黙ってうなずき、縁側から奥の自分の部屋に入って行った。

「剣術の稽古など始めて、なにかあったのですか？」

加代が心配そうに訊《き》いた。

「うむ。あの薬草茶を飲み出したら、なんとなく調子がいいのでな。身体を動かせば、もっとよくなるだろうと思ったのさ」

「そうですか」

それならいいのだがというように、加代は藤村に汗を拭《ふ》くようにと手ぬぐいを差し出した。たったこれだけの稽古で、汗が噴き出していた。

「どうだい、早春工房は？」

一息入れてから、藤村は訊いた。

「順調ですよ。大きな声では言えませんが、儲《もう》かってしょうがないくらいです」

「ほう」

「お前さま。なにか欲しいものはございますか？」

「買ってくれるのかい？」

「たいがいのものなら」

「ふうむ。考えとくよ」

なんだか、康四郎にも加代にも打ち負かされた気分だった。

「わしも訊かれたぞ」

夏木が言うと、

「あっしもだよ」

と、仁左衛門もうなずいた。

藤村が、加代から欲しいものを訊かれた話を、初秋亭で語ったのである。すると、二人とも憮然《ぶぜん》とした顔で、そう答えたのだった。

「儲かってしょうがないらしいぜ」

「そうなのか。仁左、そこらの話は聞いてるのだろう？」

「おさとがはっきりとは言わないんだけどね、木挽町の店は、箱崎の本店と比べたら、先月の売上は、二百倍ほどだったらしい。今月はたぶんその倍はいくかもしれないとさ」

「二百倍？」

夏木は顎《あご》が外れそうなくらい、口を開けた。

「なんせ、売れてるのが薬だからな」

「薬九層倍《くそうばい》って言うからね」

「それで、夏木さんは、欲しいものを答えたのかい？」

と、藤村は訊いた。

「いや、いちおう考えてみたのだが、欲しいものなどなんにもないのだ」

「そりゃあ、夏木さまのところは大身《たいしん》で、お金持ちだからだよ」

「そんなことはない。若いうちは、着物だの、持ち物だのに凝って、志乃からこづかいをもらうのに苦労したこともある。だが、いまは着物も持ち物も、なにも欲しくない。おかしなものだよな」

「あっしもだよ。考えたら、なんにもないね」

「それはおいらもそうなんだ。考えておくと言って、道々、考えながら来たけど、欲しいものがないのに気づいて唖然《あぜん》としたよ」

「ふうむ。物欲が消えると、先が短いとかいう話があるのではないか？」

「いやあ、そんな話は聞かないね」

「逆に、仙人みたいになって、長生きするんじゃないの」

「これで、若い女でも囲っていると、女がねだるものが欲しいものになるかもしれぬが、生憎《あいにく》そういう女はおらぬしな」

「おいらもだよ。でも、仁左は、師匠とのよりが戻って……」

「戻らないって。あっしも懲りました」

「それにしても、早春工房恐るべしだな」

「おいらなんか、近ごろ、あの前を通るときは、身がすくむ思いだよ」

「あっしもだよ」

三人は、肩をすくめるしかない。

六

この日は、夏木が「超弦寺のせめて参道だけでもすっきりしてやりたい」と言うので、三人で竹林の整理をし、それから玄章に檀家《だんか》の名簿を見せてもらって、噂話などを聞いたりするうち、日も暮れてしまった。

いったん初秋亭に戻り、それから三人で帰途に就こうとしたときである。

熊井町から相川町に差しかかったあたりで、

「おいおい、出たみたいだぜ」

と、藤村が言った。

「幽霊が？」

仁左衛門が間の抜けたことを訊いた。

「違う。江戸天誅組と名乗るごろつきどもだ」

夏木がそう言ったときには、いつも手にしている杖《つえ》を相手にぶつけられるよう、肩のあたりまで振り上げていた。

三人の前に、三人の武士が現われた。

「その右端のやつだよな。黒旗さまを襲ったのは？」

真んなかの痩《や》せた武士が訊くと、

「そうです」

見覚えのある武士がうなずいた。右端にいるのは、藤村である。

この前の乱闘のときもこの二人がいて、同じような話をしたのだ。

それで、このままでは済まないとは覚悟し、新たな対決のため、藤村は剣の稽古《けいこ》も開始していた。しかし、稽古は藤村に腕の衰えを自覚させただけだった。

それでも一方の若いほうには勝つ自信がある。現に、あのときも圧倒した。

だが、真んなかにいる痩せた背の高い男は相当に遣う。

「夏木さん、仁左。ちっと離れてくれ」

藤村は言った。

月は中天にある。なんとか相手の剣先くらいは見極められる。ぎりぎりでかわせば勝機は生まれるかもしれない。

「そうはいくか」

「あっしだって、目潰《めつぶ》しを持ってるよ」

だが、藤村はこっちが相当に不利なことを悟った。よく見れば、わきの二人は、すでに短めの手槍《てやり》を構えていた。しかも、襟元に鎖帷子《くさりかたびら》の一部が見えている。こいつらは、完全武装の襲撃を用意していたのだった。

初秋亭の三人が、地べたに横たわっている光景が、脳裏に浮かんだ。

そのときだった。

「藤村さん。ここは、あっしにまかせてもらおう」

ドスの利いた声がした。

「え？」

聞き覚えのある声に、思わず振り向いた。

「鮫蔵」

「ご無沙汰《ぶさた》いたしまして」

一時はずいぶん痩せたのだが、また元の肉付きにもどっている。坊さんをしていたはずだが、精進料理でここまで肉をつけられるものなのか。

「なんだ、きさまは」

真んなかの武士が言った。

「しらばくれちゃいけねえな。田野木丈三郎《たのきじようざぶろう》さんよ」

「岡っ引きは引っ込んでいろ。わしらは、旗本の黒旗さまが結成した江戸天誅組として動いているのだ」

「なにが江戸天誅組だ。笑わせるんじゃねえ。あんたは、蛤町の裏店《うらだな》にいた元常陸《ひたち》笠間《かさま》藩士、それも八年ほど前に追い出された浪人者じゃねえか」

鮫蔵に、まったく恐れるようすはない。

腰に十手《じつて》は差しているが、それを抜くこともせず、藤村の横を通って、田野木とやらの前に立った。

「やかましい。いまは、黒旗さまの家中《かちゆう》の者だ。岡っ引き風情にとやかく言われる筋合いはない」

「黒旗さまはご存じないらしいな。田野木丈三郎が浪人しているとき、どういうことをしていたか。おい、おめえの所業は洗いざらい、黒旗さまに教えてやってもいいんだぜ。間違いなくおめえは、そこらの裏店に逆戻りだ。いや、それどころか、あいつらに教えてやれば、おめえは明日《あした》の晩には、まぐろみたいに斬り刻まれているぜ」

わきにいた武士二人が、田野木を見た。鮫蔵が言うところの所業については、まったく知らないらしい。

「ううっ」

田野木は完全に押されていた。

――鮫蔵は凄《すご》い。

と、藤村は舌を巻いた。こいつはやはり、深川の暗黒面を知り尽くしているのだ。深川の闇の世界の王は、いまだ健在だったのだ。

「文句あるか」

鮫蔵が睨《にら》むと、田野木は目を逸《そ》らした。

いったい田野木はなにをしでかしたのか。鮫蔵はなにを握っているのか。おそらく訊《き》いても答えてはくれないだろう。鮫蔵の胸のうちには、深川じゅうの黒い秘密が入っている。

「出直そう」

田野木は呻《うめ》くように言った。

「出直さなくていい。初秋亭の人たちはおれの大切な仲間なんだ。指一本触らせねえからな」

鮫蔵の言葉に返事もなく、田野木は踵《きびす》を返すと、仲間二人を促して足早に立ち去って行った。

七

四人はそのまま、建て直されたばかりの飲み屋〈海《うみ》の牙《きば》〉に入った。あるじの安《やす》治《じ》は、地震のとき、たまたま日本橋の魚河岸《うおがし》の知り合いのところにいて無事だったが、店が流されてしまい、ようやく再建相成ったのだった。

「もどっているとはちらほら聞いていたんだ」

藤村は、鮫蔵の茶碗《ちゃわん》に酒を注いでから言った。

「すみませんね。挨拶《あいさつ》にも伺わずに」

「わざわざ菓子折り持って挨拶に来る鮫蔵なんて、誰も期待していないよ。どうせ、そこらでばったり出くわすだろうと思っていたぜ」

「それにしても、今度の地震では深川もとんだことになっちまって」

「ああ。あんたのあまたいる可愛い女たちは大丈夫だったかい？」

「残念ながら二人ほど亡くなってましてね」

鮫蔵の眉間《みけん》に一瞬、皺《しわ》が寄って、すぐに消えた。

「そうか」

「家もやられましたが、女房が頑張って建て直してくれるそうです」

「そりゃあ、よかった」

「やくざがでかい面をし出していると聞いたので、一回りしてましてね」

「さぞや、震えあがったことだろう」

「なあに。でも、熊蔵の野郎は両国の勢力とは手を切ると約束しました。それで、あっしが芝と品川の連中にも深川には手を出さないと約束させましたので」

「さすがだな」

電光石火である。鮫が一回りしただけで、ウミヘビたちは岩陰に引っ込むのだ。どうりで、深川の治安がよくなってきたはずだった。

「ところで、わしらはいま、永代の岩五郎がからんだ件について、いろいろ調べているんだがな」

と、夏木が言った。

「へえ、岩五郎のね」

「超弦寺って寺で、竹林が唄《うた》うという話なんだ」

「ああ、それは聞いたことがありますね。けっこう前から、そんなことを言ってましたよ」

「そうだったのか」

だが、竹林の音の正体は鮫蔵も知らなかったので、教えてやると、

「なるほど。竹の笛になってたんですか」

と、納得した。

「ただ、永代の岩五郎がどうからんでいたのか、解《げ》せぬところもあってな」

夏木はそう言って、

「鮫蔵はなにか知っていることはないか？」

と、訊いた。

「永代の岩五郎ってのは、ちっとよくわからねえところがありましてね」

「あんたでもか？」

藤村が思わず言った。

「永代のという通り名は、当然、永代寺の信者かなにかだろうと思いがちですが、そうじゃねえんです。岩五郎は超弦寺の信者だったんです」

「超弦寺の？」

　夏木は目を丸くした。

「だから、永代は、たぶん永代橋から来てるんでさあ」

「なにか橋に縁でもあるのか？」

「あっしは、八月十九日に橋の上で拝んでいるのを見たことがあるんで」

「八月十九日？」

「永代橋が崩落した日ですよ」

「そうだったな」

　と、夏木は膝《ひざ》を打った。

　文化《ぶんか》四年（一八〇七）八月十九日に、富ヶ岡八幡宮でおこなわれた祭りに向かう群衆が殺到し、その重みで永代橋の一部が崩落した。崩落したのは数間くらいだったが、押し寄せる群衆が次々に落下し、その数は二千人近い数になった。

　佃島《つくだじま》の漁師などが舟を出し、懸命の救助をおこなって、なんとか八百人ほどは引き上げたが、すでに溺死《できし》していた者も多く、どうにか助かったのは三百数十人に過ぎなかった。結局、千四百人以上の死者と行方不明者を出し、史上最悪の落橋事故となったのである。

いまから四十年ほど前のできごとだが、もちろん三人はこの事故のことを覚えている。それどころか、仁左衛門はまさに永代橋を渡ろうとするところだったし、藤村も翌日に、大川で溺死体を何体も見かけたものだった。

「じゃあ、両親でも犠牲になったのか？」

と、夏木が訊いた。

「それだけじゃねえ。たぶん、岩五郎も落ちたんじゃないかと思うんですよ」

「落ちた？」

「それで、岩五郎だけが助かったんでしょう」

「岩五郎は幾つだった？」

「四十半ばでした。だから、永代橋崩落のときは五つくらいでしょう。子どもが何人か運よく助かったって話は、あちこちで聞いてましたよ」

「ほう」

「こういういい話は、あっしより古い信者のほうがよく知っていると思います。万《まん》年町《ねんちょう》の女郎屋の亭主が、いま七十半ばで、あそこの信者ですから、明日《あした》、初秋亭に連れて行きますよ」

というわけで、この晩はお開きになったのだった。

八

次の日の昼前に、鮫蔵は約束どおりに万年町の女郎屋のあるじを連れて来た。春《しゅん》輔《すけ》という名で、とても女郎屋のあるじには見えない、品のいい年寄りだった。

「だいたいのことは鮫蔵親分から伺いました。料亭すみだの話も、先代の住職からいろいろ聞いていました」

「そうだったか」

と、夏木は身を乗り出すようにした。

「まずは、岩五郎の話をしましょう。岩五郎は、永代橋崩落の事故で両親を失い、檀家《だんか》だったこともあって、超弦寺の前の住職が引き取って育てたんです」

「そうなのか」

これには藤村も驚いた。

「ただ、しょっちゅう寺から逃げ出すようなやんちゃな子どもだったみたいです。

それで、十四、五のころには鳶《とび》の職人になったというんですが、喧嘩《けんか》が強く、やくざになるまでにはそう年数も要らなかったというわけで」

「なるほど」

「ただ、岩五郎は頭がよかったそうです。しかも、悪さはしても、仏の道は信じていたそうで、熱心な信者でもあったみたいです」

「ほう」

「前の住職は、岩五郎は唯識というものをいちばんわかっているともおっしゃってましたよ」

「唯識を！　わしが、わかったと思った瞬間にわからなくなるやつだぞ！」

夏木が驚いてそう言うと、

「夏木さま。唯識に興味がおありなので？」

鮫蔵が嬉《うれ》しそうに訊《き》いた。

「うむ。わしは、この世の真実はそこにあると思い始めているのだ」

「では、今度ゆっくり」

「そうか。お前は京都で……」

「いや、それはいずれ。いまは、春輔さんの話を聞きましょう」

と、鮫蔵は話をもどした。

「それで、元々、あの料亭は代々、細々とやってきたところなんですが、養子に入った富次郎《とみじろう》ってのが、やたらと商売熱心というのか、野心の旺盛《おうせい》な若造でね、あそこを〈平清《ひらせい》〉に負けねえ料亭にしようと思い立ったんですよ」

「そりゃあ大胆だな」

「それで、平清に対抗するには敷地が足りねえ。裏の超弦寺を廃寺にして、あの土地を買い上げようと思いつき、超弦寺の悪い噂をばらまき始めたんです。住職はおかしくなって、檀家の者に猿になれと勧めているとか」

「それは、富次郎が言い出したことなのか」

「竹林にゴミを持ち込み、信者が少ないので荒れていたのを、ますますひどいことにしたのは、野郎のせいですよ」

「そうなのか」

「それで、住職は岩五郎に相談したんです」

「岩五郎に？」

「岩五郎が、力ずくで脅すと言ったのですが、それはよくないと住職が止め、知恵を働かそうとなにやら竹林が唄うという仕掛けをつくったそうなのです」

「逆か！　仕掛けたのは寺のほうだったのか！」

　と、藤村は言った。

「それで効き目はあったのか？」

　夏木が訊いた。

「絶大みたいでしたよ。すみだの客は激減したらしいです」

「富次郎は、客が減った理由はわかったのか？」

「なにかされたとは思ったみたいです。しかも、寺のためにやくざの永代の岩五郎が動いていることもわかったみたいです」

「なるほど」

「やくざを押さえつけてもらうには、鮫蔵親分に頼むのがいちばんだが、親分はなぜか深川からいなくなってしまった。それで、どうしたものかと困り果てているところに、あの地震が来て、富次郎も女房も亡くなり、あげくに料亭までもが流され、結局、荒れ寺と、夜中に唄《うた》う竹林が残ったということでしょう」

「なるほどな」

　夏木といっしょに、藤村と仁左衛門もうなずいた。

「そういうわけで、超弦寺の竹林は、熊蔵たちに言って、きれいにさせることにしますよ。岩五郎の供養だってことでね」

鮫蔵はそう言った。

これで超弦寺の一件は、落着というわけだった。

九

この晩――。

藤村は、富沢虎山の医院を訪ねた。昨夜、加代から、

「虎山先生が、いい生薬が入手できたので、来るようにですって」

と、伝えられたからである。

医院は、相変わらず混雑している。近ごろは、深川に名医がいるという噂が伝わり、本所や霊岸島からも患者がやって来ているらしい。

「最後でけっこうです」

と言って、藤村は虎山の書架を眺めさせてもらった。

いや、眺めるだけでなく、一冊ずつ取り出し、ぱらぱらとめくっては、その書名を持ってきた手帖《てちょう》に、書き写した。

『解体新書』『西説内科撰要《せいせつないかせんよう》』『瘍医新書《よういしんしょ》』『経穴纂要《けいけつせんよう》』『蘭学事始』……。

膨大な蔵書である。

横文字の蘭語らしき書物もあれば、漢文ばかりで字を書き写すこともできない書物も少なくない。

——医者になるには、これをぜんぶ読まなくちゃならないのかね。

呆然《ぼうぜん》としたとき、

「待たせたな」

と、虎山が部屋に入って来た。

「わしが以前から欲しかった薬が手に入ってな。たぶん、あんたの病にもいいはずだ。処方するので、飲んでみてくれ」

「そいつはありがたい」

「顔色はいいではないか」

「剣の稽古《けいこ》をしていたので、そのおかげかもしれねえ」

「どれ、もう一度、診させてくれ」

と、虎山は藤村を仰向《あおむ》けにしたり、四つん這《ば》いにしたりしながら、あっちを押し、こっちを押し、軽く叩《たた》き、さらには顔色から耳の色、爪の色、足指の色まで見て、

脈をとり、息を嗅《か》ぎ、食欲から便通の具合まで訊いて、

「やはり、わしは死病の膈ではないと思う」

と、言った。

「そうかい」

藤村は嬉しさがこみ上げる。

「胃が荒れて出血したのだろう。ほんとに、いままで空腹時に胃が痛むことはなかったか？」

「空腹時？　ああ、言われてみれば、あったね」

今年の春ごろからしばらく、腹が減ると、しくしくと胃のあたりが痛んだ。だが、それは数年ごとにあったことなので、気にもしていなかった。

「やはりな。今度、入手した生薬は、その症状にもよく効くはずだ。いまから調合するからまっていてくれ」

虎山はそう言って、薬種簞笥《だんす》から、いくつかの生薬を取り出し、薬研《やげん》に入れると、砕いたり、回したりといったことを始めた。一時期、生薬が無くて苦労していたが、今月に入って、だいぶいろいろ入るようになってきたらしい。

藤村はそのようすを見ながら、

「なあ、虎山さん。医者になるには、山ほど学ばないと駄目なんだろうね」

と、声をかけた。

「いい医者になりたければな」

「そりゃそうだろう」

「さっき、そこの書物の名を書き写していたな。医術に興味があるのか？」

「興味というか、人を救えるのは素晴らしいなと思ってな」

「あんたは、町方の同心で、さんざん救ってきたんじゃないのかい？」

「どうかね。それを考えると、どうも自信がねえんだ。起こってしまったことは調べたが、起こる前に救うってことは、あまりしなかったからね」

「だが、起こってしまったことを解決すれば、また起こるかもしれないことを、抑止できるんじゃないのか？」

「まあね。だが、もう、おいらは同心じゃねえ」

「そりゃそうだ」

「医術を学ぶのに、いまからでは遅すぎるかね？」

藤村はそう訊《き》いて、顔が赤らむのを自覚した。自分は、恐ろしくだいそれたことを考えているのではないか。

「学ぶのに、遅いということはない。医術も同じだよ」

「ほう」

「そもそも人間がなにかをやるのに、遅いということはない。わしだって、地域の住民を助けるという医者の仕事は、新しく始めたようなものだ」

「そうなのかい」

「やってみろ。あんたならできる。とくに、いい金創医《きんそうい》になれるぞ」

「血は見慣れているからかい？」

「それに度胸もある。金創医には大事な資質だ」

「そう言われると、心強いよ」

「わしのところの書物はいくらでも貸してやるぞ。勝手に持って行ってくれ」

「ぜひ」

なんだか、二十歳のころにもどった気がする。いや、二十歳のころは、親の仕事を受け継ぐというものだった。いまは、自分で選んだことをしようとしている。

「では、まず人の身体のしくみと、基本の生薬のことを学べ。それには、これとこれ。そうだ、これからはやはり蘭方だ。蘭語を学ぶときにわしがつくった手書きの帳面も貸してやる」

虎山は嬉《うれ》しそうに、後ろの書架から何冊かの書物を引っ張り出していた。

十

同じころ——。

仁左衛門は、知り合いの版元〈富士見堂《ふじみどう》〉を訪ねていた。あるじの源蔵《げんぞう》は昔、近所にいた友だちで、家は小さな本屋をしていた。源蔵は子どものころから戯作や芝居が大好きで、いつか自分のところで本を出すという夢をかなえ、いまは鍛冶町《かじちょう》に堂々たる間口の店を構えている。

「読んだよ、仁ちゃん」

と、源蔵は言った。

「そうかい」

「ちっと言葉遣いに変なところはあるが、中身はすごく面白い。うちで出させてもらうよ」

「そりゃあ、ありがたい」

「部数は、そうたくさんは刷れないよ」

「部数なんか何部だっていい。おいらは書くことが楽しいんだ」

「こういうのは、次々につづきを出すほうが、売れ行きも上がるんだが、早く書けるかい？」

「おいらは、書くのが早いことだけは自信があるよ」

「それで、この題だがね」

「ああ」

源蔵が手にしている草稿には、『大江戸定年組』とある。初秋亭で起きた話を、少し大げさにして、面白おかしくつづってみたのだった。

「定年というのは、どういう意味だい？」

「隠居だよ。でも、隠居組じゃ、なんか恰好《かっこう》がつかないだろう。それでいろいろ考え、定まった年に仕事から身を引くという意味で、つくった言葉なのさ」

「そうか、造語なのか」

「やっぱり駄目かい？」

「いや、逆になんだろうというので興味を引くかもしれねえ。これでやってみようよ。いまから、忙しくなるよ。挿画も頼まなくちゃならないし、版下ができたら、校正もしてもらわねえといけねえ。そうだ。仁ちゃんの筆名も考えてもらわねえと」

「それはもう考えてあるんだ。七転堂八起《しちてんどうやつき》てえんだけどね」

「なるほど。七転び八起きだ」

「人生そのものだろ」

そう言ったとき、仁左衛門の胸のなかを、初秋亭の日々が通り抜けていくような気がした。

十一

翌朝——。

夏木の家に南町奉行所からの使者が訪れた。

「新之助はすでにお城へ向かいましたが」

と、玄関口で志乃が怪訝《けげん》そうに言った。

「いや、新之助さまではなく、権之助さまに」

「わしに？」

夏木は首をかしげながら、使者を奥の部屋に通した。

使者が告げた話は、驚くべき内容だった。

夏木権之助に、奉行を補佐するかたちで、奉行所に入ってもらいたいというのだ。地震のあと、江戸じゅうがまだ、混乱から抜け出せずにいるが、深川だけは被害が甚大であったにもかかわらず、復興が進んでいるらしい。その理由の一つに、夏木権之助の活躍があるという話が、方々から聞こえていたというのだ。

「それはわしだけでなく……」

「もちろんそれも存じ上げています。ただ、身分やお立場の関係で、やはり奉行所に入っていただくのは、夏木さまが最適だろうと」

「しかし、そんな話が通るのか？」

と、夏木は訊いた。

「すでにお奉行が評定所でも提案し、許可をいただきました。夏木さまの評判は、幕閣の方々にも素晴らしくよかったです」

準備は整えられてあったらしい。

「しかし、わしの一存では決められぬ」

と、志乃を呼んで話すと、

「まあ」

と、仰天したが、すぐに志乃は、

「お受けなさいませ。そのお歳で、世のなかのお役に立てるなど、光栄でございましょう」

そう言った。

「こうした混乱したいわば乱世のようなときにこそ、夏木さまのようなおおらかで、融通無碍《ゆうずうむげ》にお考えいただける人材が貴重なのだと思います。それで、役職名はいま、考慮中なのですが」

「名前はなんでもいい。要は、お奉行の手の足りないところを手伝えばいいわけだろう？」

「そうなのですが」

「お役に立てるなら、立つのが武士というものだろう」

夏木がそう言った。

初秋亭では、ずいぶん巷《ちまた》の人たちのために働いたつもりである。猫探しの苦労も、江戸の町の復興も、知恵を絞ることでは変わらないのだった。

夏木がこのあと最初に動いたのは、黒旗英蔵のことだった。下手に根回しなどはせず、夏木は正面から向き合うことにして、黒旗の屋敷を訪ねた。

黒旗は、夏木が南町奉行所に入ることをすでに聞き及んでいた。

それはすなわち、黒旗の望みは完全に途切れたということでもある。

黒旗は憔悴《しょうすい》した顔で、家来たちが夏木を暗殺しようとしたことを聞き、さすがにそこまではやり過ぎだったと頭を下げたのだった。

「少なくとも深川は、地震のあと、ずいぶん復興が進み、民の暮らしも穏やかなものになりつつあることは認める」

と、黒旗は言った。

「そうか」

「しかも、それは江戸天誅組の力によるものではない。民の、明日《あした》に向かって新たな歩みを踏み出そうとした努力によるものだ」

「そうだとも」

夏木はうなずいた。黒旗は元来、優秀な男なのだ。いずれ、その力を世のために役立てる日も来るかもしれない。

夏木はこれまでのことはお互い、不問にしようと提案し、了承させてから、黒旗の屋敷を後にしたのだった。

十二

「ほんとに欲のない人たちですこと」

と、志乃が言うと、加代とおさとが笑いながらうなずいた。

早春工房の三人が、初秋亭に顔を出していた。

改めて、

「なにか欲しいものはないか?」

と、訊《き》かれ、初秋亭の三人は顔を見合わせ、

「ない。なにもない」

と、返事をしたのだった。

「それより、あんたたちこそ、新しい着物でもあつらえればよいではないか」

夏木がそう言うと、

「それはもう、適当にさせていただいてます。でも、あたしたちの儲《もう》けはそんなものじゃ減らないくらい莫大《ばくだい》なものなんですよ」

と、志乃は胸を張った。

それに、このあいだまでは新之助の出世のために使うと言っていたのが、その話は消え、代わりに夏木が町奉行所で働くことになったのである。

「それでは、あたしたちが考えたことに使わせてもらいますよ」

と、志乃は言った。

「かまわんよ。それで、なんに使うんだい？」

「とりあえず、虎山さんが使っている医院の庭に、二階建ての長屋を二棟建てるんです。今度は、仁左衛門さんに教わったことを活かした、地震にびくともしないような長屋をね」

「なるほど」

「そこに、今度の地震で親を亡くして、いまは寺や知り合いに身を寄せている子どもたちに入ってもらいます」

「そりゃあ、いい」

いまだに軒下で物乞《ものご》いに近い暮らしを送っている子どもを見かけるのだ。

「そこで、手に職をつけるよう支援をし、巣立ってもらいます」

「巣立ったら、部屋は空くな」

「そのときは、虎山さんの患者を収容できるようにしますよ」

「あんたたちのすることには、ほんとにそつがないな」

「それでよろしいですね」

「もちろんだよ」

と、三人はうなずいた。

早春工房の三人も、満足げに引き上げて行った。


それと入れ替わるように、初秋亭にやって来たのは鮫蔵だった。

「いい景色ですね。ここまでいい景色は、京都でもなかなかありませんぜ」

「京都には、きれいな庭がいっぱいあるだろうが」

と、夏木が言った。

「庭はね。でも、庭はそう広いもんじゃありませんし、広く見えても裏の景色を借りてたりするんでね。でも、ここのはどれも本物の雄大さだ」

今日はまた、いちだんときれいに晴れ上がって、築地本願寺《つきじほんがんじ》の屋根の左手には、富士山《ふじさん》までくっきりと見えているのだ。大川は悠々と流れ、江戸湾へと注ぎ込んでいる。右手を眺めれば、湾曲した永代橋が、こちらは人工の美しさを感じさせてくれる。大川を行き来する舟の動きが、ぼんやり眺めるだけでなく、目を遊ばせてくれる。

「でも、驚きましたね。お三人のこの先の人生には」

と、鮫蔵は言った。鮫蔵の地獄耳には、もう、三人のこれからのことが入ってしまったようだった。

「そうかね」

夏木がとぼけた顔で笑った。

「でも、まあ、夏木さまと七福堂さんは、なるほどとうなずける気がします。ただ、藤村の旦那《だんな》が医者になるってのにはね」

「なれるかどうかは、まだわからねえぜ」

藤村がそう言うと、

「いや、お前の勉強ぶりを見たらなれるさ。あと、四、五年もしたら、わしらは藤村に脈を取ってもらっている」

と、夏木が言った。

「夏木さんや仁左より先に、おいらは鮫蔵の耳のなかをのぞかせてもらいてえよ」

「あっしの頭がおかしいってわけですか」

「というより、そのなかに詰まっている深川の秘密をな」

「へっへっへ」

と、鮫蔵は笑ってから、

「でも、いいですねえ。お三方とも。新たな道が先まで延びていて。あっしなんざ、また元の道にもどってきちまった」

「おめえは天職だからだよ」

藤村がそう言うと、

「ほんとだよ。聞かせたかったよ、鮫蔵さんがいないときの、鮫蔵親分を待ちわびる民の声をどれだけ聞いたか」

と、仁左衛門は言った。

すでに書き出している『大江戸定年組』の二巻では、本当の主役はこの鮫蔵らしき男が務めることになりそうなのだ。

「なあに、それであっしがまたうろうろし始めると、すぐに眉《まゆ》をひそめ出すんですよ」

「あっはっは、そうかもしれぬな」

と、夏木が愉快そうに笑った。

「じゃあ、ここは無くしちまうので？」

と、鮫蔵がもう一度外の景色を見てから訊いた。

「いや、このまま借りておくよ。皆、忙しくはなるが、休息も必要だし、まだまだここらの頼みごとがあれば、やれる範囲で手を貸してもやりたいしな」

夏木がそう言うと、仁左衛門も嬉《うれ》しそうにうなずいた。

「そりゃあ、よかった。深川から初秋亭が無くなると、どうも寂しい感じがするんでね」

「鮫蔵にそんなことを言われると、この建物が恥ずかしがるぜ」

藤村がそう言うと、川風が強くなったのか、まだ残っていた穴の開いた竹の幹が、ひゅううう。

と、まるで通り過ぎる娘をからかうような口笛に似た音を立てたのだった。

本書は書き下ろしです。

賭《と》場《ば》の狼《おおかみ》

新《しん》・大江戸《おおえど》定年組《ていねんぐみ》

風野《かぜの》真知雄《まちお》

令和6年 3月25日 初版発行

発行者●山下直久

発行●株式会社KADOKAWA
〒102-8177 東京都千代田区富士見2-13-3
電話 0570-002-301(ナビダイヤル)

角川文庫 24097

印刷所●株式会社暁印刷
製本所●本間製本株式会社

表紙画●和田三造

ISBN 978-4-04-113762-8 C0193

◇◇◇

角川文庫発刊に際して

角　川　源　義

第二次世界大戦の敗北は、軍事力の敗北であった以上に、私たちの若い文化力の敗退であった。私たちの文化が戦争に対して如何に無力であり、単なるあだ花に過ぎなかったかを、私たちは身を以て体験し痛感した。西洋近代文化の摂取にとって、明治以後八十年の歳月は決して短かすぎたとは言えない。にもかかわらず、近代文化の伝統を確立し、自由な批判と柔軟な良識に富む文化層として自らを形成することに私たちは失敗して来た。そしてこれは、各層への文化の普及滲透を任務とする出版人の責任でもあった。

一九四五年以来、私たちは再び振出しに戻り、第一歩から踏み出すことを余儀なくされた。これは大きな不幸ではあるが、反面、これまでの混沌・未熟・歪曲の中にあった我が国の文化に秩序と確たる基礎を齎らすためには絶好の機会でもある。角川書店は、このような祖国の文化的危機にあたり、微力をも顧みず再建の礎石たるべき抱負と決意とをもって出発したが、ここに創立以来の念願を果すべく角川文庫を発刊する。これまで刊行されたあらゆる全集叢書文庫類の長所と短所とを検討し、古今東西の不朽の典籍を、良心的編集のもとに、廉価に、そして書架にふさわしい美本として、多くのひとびとに提供しようとする。しかし私たちは徒らに百科全書的な知識のジレッタントを作ることを目的とせず、あくまで祖国の文化に秩序と再建への道を示し、この文庫を角川書店の栄ある事業として、今後永久に継続発展せしめ、学芸と教養との殿堂として大成せんことを期したい。多くの読書子の愛情ある忠言と支持とによって、この希望と抱負とを完遂せしめられんことを願う。

一九四九年五月三日

角川文庫ベストセラー

妻は、くノ一　全十巻　風野真知雄

平戸藩の御船手方書物天文係の雙星彦馬は藩きっての変わり者。その彼のもとに清楚な美人、織江が嫁に来た⁉ だが織江はすぐに失踪。彦馬は妻を探しに江戸へ向かう。実は織江は、凄腕のくノ一だったのだ！

いちばん嫌な敵　妻は、くノ一　蛇之巻1　風野真知雄

運命の夫・彦馬と出会う前、長州に潜入していた凄腕くノ一織江。任務を終え姿を消すが、そのときある男に目をつけられていた――。最凶最悪の敵から、織江は逃れられるか？　新シリーズ開幕！

幽霊の町　妻は、くノ一　蛇之巻2　風野真知雄

日本橋にある橋を歩く坊主頭の男が、いきなり爆発した。騒ぎに紛れて男は逃走したという。前代未聞の事件が、実は長州忍者のしわざだと考えた織江は、その恐ろしい目的に気づき……書き下ろしシリーズ第2弾。

大統領の首　妻は、くノ一　蛇之巻3　風野真知雄

かつて織江の命を狙っていた長州忍者・蛇文が、米国の要人暗殺計画に関わっているとの噂を聞いた彦馬と織江。保安官、ピンカートン探偵社の仲間とともに蛇文を追い、ついに、最凶最悪の敵と対峙する！

姫は、三十一　風野真知雄

平戸藩の江戸屋敷に住む清湖姫は、微妙なお年頃のお姫様。市井に出歩き町角で起こる不思議な出来事を調べるのが好き。この年になって急に、素敵な男性が次々と現れて……恋に事件に、花のお江戸を駆け巡る！

角川文庫ベストセラー

恋は愚かと
姫は、三十一2
風野真知雄

赤穂浪士を預かった大名家で発見された奇妙な文献。そこには討ち入りに関わる驚愕の新事実が記されていた。さらにその記述にまつわる殺人事件も発生。右往左往する静湖姫の前に、また素敵な男性が現れて——。

君微笑めば
姫は、三十一3
風野真知雄

謎の書き置きを残し、駆け落ちした姫さま。豪商〈薩摩屋〉から、奇妙な手口で大金を盗んだ義賊・怪盗一寸小僧。モテ年到来の静湖姫が、江戸を賑わす謎を追う！　大人気書き下ろしシリーズ第三弾！

薔薇色の人
姫は、三十一4
風野真知雄

売れっ子絵師・清麿が美人画に描いたことで人気となった町娘2人を付け狙う者が現れた。〈謎解き屋〉を始めた自由奔放な三十路の姫さま・静湖姫は、その不届き者捜しを依頼されるが……。人気シリーズ第4弾！

鳥の子守唄
姫は、三十一5
風野真知雄

謎解き屋を始めた、モテ期の姫さま静湖姫。今度の依頼人は、なんと「大鷲にさらわれた」という男。一方、〝渡り鳥貿易〟で異国との交流を図る松浦静山の屋敷に、謎の手紙をくりつけたカッコウが現れ……。

運命のひと
姫は、三十一6
風野真知雄

〈謎解き屋〉を開業中の静湖姫にまた奇妙な依頼が。長屋に住む八世帯が一夜で入れ替わった謎を解いてくれというのだ。背後に大事件の気配を感じ、姫は張り切って謎に挑む。一方、恋の行方にも大きな転機が⁉

角川文庫ベストセラー

月に願いを
姫は、三十一7
風野真知雄

静湖姫は、独り身のままもうすぐ32歳。そんな折、ある藩の江戸上屋敷で藩士100人近くの死体が見付かる。調査に乗り出した静湖が辿り着いた意外な真相とは？ そして静湖の運命の人とは!? 衝撃の完結巻！

西郷盗撮
剣豪写真師・志村悠之介
風野真知雄

元幕臣で北辰一刀流の達人の写真師・志村悠之介は、ある日「西郷隆盛の顔を撮れ」との密命を受ける。鹿児島に潜入し西郷に接近するが、美しい女写真師、人斬り半次郎ら、一筋縄ではいかぬ者たちが現れ……。

鹿鳴館盗撮
剣豪写真師・志村悠之介
風野真知雄

写真師で元幕臣の志村悠之介は、幼なじみの百合子と再会する。彼女は子爵の夫人となり鹿鳴館の華といわれていた。逢瀬を重ねる2人は鹿鳴館と外交にまつわる陰謀に巻き込まれ……大好評〝盗撮〟シリーズ！

ニコライ盗撮
剣豪写真師・志村悠之介
風野真知雄

来日中のロシア皇太子が襲われるという事件が勃発。襲撃現場を目撃した北辰一刀流の達人にして写真師の志村悠之介は事件の真相を追うが……日本中を震撼させた大津事件の謎に挑む、長編時代小説。

妖かし斬り
四十郎化け物始末1
風野真知雄

烏につきまとわれているため〝からす四十郎〟と綽名される浪人・月村四十郎。ある日病気の妻の薬を買うため、用心棒仲間も嫌がる化け物退治を引き受ける。油問屋に巨大な人魂が出るというのだが……。

角川文庫ベストセラー

百鬼斬り
四十郎化け物始末2
風野真知雄

借金返済のため、いやいやながらも化け物退治を引き受けるうちに有名になってしまった浪人・月村四十郎。ある日そば屋に毎夜現れる閻魔を退治してほしいとの依頼が……人気著者が放つ、シリーズ第2弾！

幻魔斬り
四十郎化け物始末3
風野真知雄

礼金のよい化け物退治をこなしても、いっこうに借金の減らない四十郎。その四十郎にまた新たな化け物退治の依頼が舞い込んだ。医院の入院患者が、一夜にして骸骨になったというのだ。四十郎の運命やいかに！

猫鳴小路のおそろし屋
風野真知雄

江戸は新両替町にひっそりと佇む骨董商〈おそろし屋〉。光圀公の杖は四両二分……店主・お縁が売る古い品には、歴史の裏の驚愕の事件譚や、ぞっとする話がついてくる。この店にもある秘密があって……？

猫鳴小路のおそろし屋2
酒呑童子の盃
風野真知雄

江戸の猫鳴小路にて、骨董商〈おそろし屋〉をひっそりと営むお縁と、お庭番・月岡。赤穂浪士が吉良邸討ち入り時に使ったとされる太鼓の音に呼応するように、第二の刺客〝カマキリ半五郎〟が襲い来る！

猫鳴小路のおそろし屋3
江戸城奇譚
風野真知雄

江戸・猫鳴小路の骨董商〈おそろし屋〉で売られている骨董は、お縁が大奥を逃げ出す際、将軍・徳川家茂が持たせた物だった。お縁はその骨董好きゆえ、江戸城の秘密を知ってしまったのだ――。感動の完結巻！

角川文庫ベストセラー

女が、さむらい　風野真知雄

修行に励むうち、千葉道場の筆頭剣士となっていた長州藩の風変わりな娘・七緒は、縁談の席で強盗殺人事件に遭遇。犯人を倒し、謎の男・猫神を助けたことから、妖刀村正にまつわる陰謀に巻き込まれ……。

女が、さむらい　鯨を一太刀　風野真知雄

徳川家に不吉を成す刀〈村正〉の情報収集のため、店を構えたお庭番の猫神と、それを手伝う女剣士の七緒。ある日、斬られた者がその場では気づかず、帰宅してから死んだという刀〈兼光〉が持ち込まれ……？

女が、さむらい　置きざり国広　風野真知雄

情報収集のための刀剣鑑定屋〈猫神堂〉に持ち込まれた名刀〈国広〉。なんと下駄屋の店先に置き去りにされていたという。高価な刀が何故？　時代の変化が芽吹く江戸で、腕利きお庭番と美しき女剣士が活躍！

女が、さむらい　最後の鑑定　風野真知雄

刀に纏わる事件を推理と剣術で鮮やかに解決してきた猫神と七緒。江戸に降った星をきっかけに幕府と紀州忍軍、薩摩・長州藩が動き出し、2人も刀に導かれるように騒ぎの渦中へ――。驚天動地の完結巻！

沙羅沙羅越え　風野真知雄

戦国時代末期。越中の佐々成政は、家康に、秀吉への徹底抗戦を懇願するため、厳冬期の飛騨山脈越えを決意する。何度でも負けてやる――白い地獄に挑んだ生真面目な武将の生き様とは。中山義秀文学賞受賞作。

角川文庫ベストセラー

舞首　流想十郎蝴蝶剣　鳥羽　亮

大川端で辻斬りがあった。首が刎ねられ、血を撒き散らしながら舞うようにして殺されたという。惨たらしい殺し方は手練の仕業に違いない。その剣法に興味を覚えた想十郎は事件に関わることに。シリーズ第3弾。

恋蛍　流想十郎蝴蝶剣　鳥羽　亮

人違いから、女剣士・ふさに立ち合いを挑まれた流想十郎は、逆に武士団の襲撃からふさを救うことになり、出羽・倉田藩の藩内抗争に巻き込まれる。恐るべき殺人剣が想十郎に迫る！　書き下ろしシリーズ第4弾。

愛姫受難　流想十郎蝴蝶剣　鳥羽　亮

目付の家臣が斬殺され、流想十郎は下手人の始末を依頼される。幕閣の要職にある牧田家の姫君の輿入れを妨害する動きとの関連があることを摑んだ想十郎は、居合集団・千島一党との闘いに挑む。シリーズ第5弾。

双鬼の剣　流想十郎蝴蝶剣　鳥羽　亮

大川端で遭遇した武士団の斬り合いに、傍観を決め込もうとした想十郎だったが、連れの田崎が劣勢の側に助太刀に入ったことで、藩政改革をめぐる遠江・江島藩の抗争に巻き込まれる。書き下ろしシリーズ第6弾。

蝶と稲妻　流想十郎蝴蝶剣　鳥羽　亮

剣の腕を見込まれ、料理屋の用心棒として住み込む剣士・流想十郎には出生の秘密がある。それが、他人との関わりを嫌う理由でもあったが、父・水野忠邦が会いたがっていると聞かされる。想十郎最後の事件。